강서울 현대 판타지 소설
MODERN FANTASTIC STORY

탑스타의
재능 서고

탑스타의 재능 서고 7

강서울 현대 판타지 소설

초판 1쇄 찍은 날 § 2021년 8월 18일
초판 1쇄 펴낸 날 § 2021년 8월 25일

지은이 § 강서울
펴낸이 § 서경석

총괄팀장 § 노종아
편집책임 § 박현성
디자인 § 공간42

펴낸곳 § 도서출판 청어람
등록번호 § 제387-1999-000006호
등록일자 § 1999. 5. 31
어람번호 § 제1-3152호

주소 § 경기도 부천시 부일로 483번길 40 서경B/D 3F (우) 14640
전화 § 032-656-4452 팩스 § 032-656-4453
http://www.chungeoram.com
E-mail § chungeorambook@daum.net

ⓒ 강서울, 2021

ISBN 979-11-04-92374-6 04810
ISBN 979-11-04-92327-2 (세트)

강서울 현대 판타지 소설
MODERN FANTASTIC STORY

7

탑스타의
재능 서고

탑스타의 재능 서고

목차

제1장

여행

신발 광고 건에 대해선 까맣게 모르고 있던 멤버들은 두 번째 비행기에서도 줄곧 그 얘기만 물고 늘어지고 있었다. 도영은 머리를 짚으며 한숨을 내쉬었다.

"하, 나 진짜 멍청해 보이면 어떡하냐. 그러게 왜 나처럼 순수한 사람을 속여, 속이기는."

"너는 원래 멍청해 보여서 괜찮… 아악!"

유찬은 오히려 자신의 이미지가 걱정이라며 말을 받아치다 괜히 얻어맞았다.

그리고.

"오오, 여기야?"

"거의 도착했나 본데?"

덜컹.

탑보이즈 멤버들이 투덕거리는 사이 비행기가 착륙했다. 지금까지 총 13시간의 비행시간이었다. 도영은 귀가 먹먹해지는 익숙지 않은 기분을 다시금 느끼며 신이 나서 떠들어댔다.

"우리 오늘은 관광 안 하나? 내일부턴 뭐 하는데? 저녁은 뭐 먹고?"

"바로 숙소 가야지. 내일은 스케줄이 있을 거고. 저녁은… 모르겠네."

선우는 그런 도영의 물음을 하나하나 친절히 답해주며 자리에서 일어났다. 공항 자체를 별로 와본 적도 없었지만, 비행기에서 내린 멤버들은 사뭇 당황했다.

"와, 진짜 다른 나라 같다."

제현은 얼빠진 표정으로 주변을 둘러보았다. 왼쪽을 봐도, 오른쪽을 봐도 온통 외국인만 있다. 정신없이 두리번대느라 복도도 나서지 못하는 제현을 보고선 유찬이 나직이 말을 던졌다.

"그러면 다른 나라지, 여기가 한국이겠냐. 어서 따라와."

"어엉."

그나마 해외여행 경험이 있다는 유찬만이 유일한 정신 줄을 붙들고 있었다. 송준희 매니저는 그런 유찬을 보며 안도의 한숨을 내쉬었다. 최소한 멤버들을 골탕 먹이려 하지 않는 이상 신발을 벗는 등의 신박한 행동은 안 할 녀석이었으니.

아니, 사실은 유찬이 송준희 매니저보다 나았다.

"자, 애들아, 이쪽으로."

"매니저님, 이쪽인데요."

"아, 그래?"

적어도 길을 찾는 면에서는.

송준희 매니저는 머쓱한 미소를 지으며 머리를 긁적였다.

"아, 매니저님, 외국에선 길 잃으시면 안 돼요."

"으음, 일단 이쪽은 확실해."

"헉."

"왜? 또 실수했어?"

"아뇨. 맞히셔서요. 너무 신기해서."

"……."

유찬은 장난스레 웃으며 송준희 매니저에게 지도를 건넸다. 송준희 매니저는 어이가 없다는 듯 혀를 내두르며 얼빠져 있는 제현을 챙겼다.

그 순간이었다.

"어?"

탑보이즈가 입국장에 나서자마자 웅성대는 사람들. 그들 틈에서 갑자기 환호성이 터져 나왔다.

"허억."

"꺄아아아아!"

"연예인 아냐, 연예인?"

"탑보이즈다! 탑보이즈!"

스페인이다. 한국과는 무려 비행기로 13시간가량 떨어진 곳에 자리하고 있는 멀고 먼 나라.

그런데 한국도 아닌 다른 나라의 공항에서 그룹명을 듣게 될 줄이야. 별생각 없이 입국장을 걸어가던 상준은 놀란 눈으로 멈춰 섰다.

한국 공항에서처럼 많은 수는 아니었다. 기껏해야 열댓 명 남짓의 사람들이었지만.

'신기하다.'

한국인도 몇 명 보였지만 대부분이 외국인이다. 각자의 언어로 환호성을 내지르는 팬들. 언어는 달라도 반가운 마음은 확실히 다가왔다.

"와."

상준은 낯설기만 한 나라에서 자신들을 알아봐 주는 사람이 있음에 감사했다.

그리고 한편으로는.

'더 많은 사람들이 와줬으면…….'

이 공항이 미어질 정도로.

다음에 이곳을 다시 찾았을 땐 수많은 사람들이 반겨줬으면 하는 욕심이 생겨났다. 상준은 주먹을 가볍게 쥐며 입가에 미소를 띄웠다.

"탑보이즈! 탑보이즈! 탑보이즈!"

"감사합니다!"

"안녕하세요, 여러분!"

비명을 지르며 기뻐하는 팬들과 일일이 눈을 마주치며.

상준은 한 가지 소망을 안은 채 공항을 빠져나갔다.

*　　　　　*　　　　　*

공항에서 빠져나와 탑보이즈가 가장 먼저 찾은 곳은 숙소였다.

송준희 매니저가 능숙하게 체크인을 마친 뒤 배정받은 넓은 숙소.

쎄나 고급진 샹들리에와 대형 침대가 여러 개 놓여 있는 근사한 호텔이었지만.

멤버들은 곧바로 침대 위에 엎어졌다.

"아, 피곤하다."

"나 시차 적응이 아직 안 된 거 같은데."

처음에는 관광 명소를 운운하던 도영도 막상 숙소에 도착하고 나선 지쳐 버렸다. 에너자이저들이 하나같이 뻗어 있는 모습을 보며 송준희 매니저는 의외라는 듯 말을 뱉었다.

"웬일로 다들 지쳐 있어?"

"으어어……."

"내일은 어디 가요?"

송준희 매니저는 지도를 살피며 간단한 계획을 설명했다. 주 목적이 여행이니만큼 관광 명소를 살짝 둘러보고 다른 스케줄들도 마저 해내갈 예정이었다.

"일단 박물관에 들렀다가 식사하고 유명한 성당 하나 들를 건데."

"아, 성당이요?"

"아, 식사요?"

유찬과 도영은 동시에 말을 뱉으며 서로를 흘겨보았다.

"야, 넌 머릿속에 먹는 거밖에 없지?"

"금강산도 식후경이지."

"에휴."

송준희 매니저는 둘 사이를 갈라놓으며 설명을 이었다. 관광도 관광이지만 내일은 JS 엔터에서 준비한 스케줄 하나를 이어서 소화할 계획이었다.

그런데.

"헐, 여기 봐봐."

"왜?"

"수건이 좀 고급진데?"

"야, 살짝 미국틱하다. 그치."

"…여기가 미국이 아니거든?"

이 녀석들은 대체 설명을 들을 생각이 없어 보인다.

"아이고, 두야."

송준희 매니저는 설명을 포기하고 침대에 걸터앉았다. 어차피 구구절절이 설명해 봐야 알아들을 리가 없으니 가장 관심을 가질 만한 얘기를 꺼내놓을 생각이었다.

"너네 광고 있잖아."

순식간에 이어지는 정적.

"……."

송준희 매니저의 한마디에 다섯 멤버는 동시에 고개를 돌렸다. 부담스러울 정도로 반짝이는 눈빛에 송준희 매니저는 황당한 얼굴이 되었다.

"마저 말씀하세요."

유찬이 생글거리며 송준희 매니저의 말을 기다렸다. 벽화에 당당하게 지폐를 그려 넣었던 자본주의 노예, 유찬다웠다.

송준희 매니저는 다시 머리를 짚으며 헛기침을 했다.

"이온음료 광고 들어온 거 알지?"

신발 화보 광고가 들어온 건 아직 송준희 매니저도 모르고 있는 상황. 송준희 매니저의 얘기가 이온음료 광고 쪽으로 빠졌다.

"무려 TV 광고거든."

"와, 대박."

"진짜요?"

자세한 얘기는 듣지 못했던 도영과 유찬이 고개를 앞으로 내밀었다. 선우도 흥미롭다는 듯 입가에 미소를 머금었다.

몇몇 화보 광고 제안이 들어온 적은 있었지만 TV 광고는 처음이다.

그것도 전속모델 제안이라니.

"그거 내일모레쯤 찍기로 했거든. 여기서."

"와아, 미쳤다."

유찬은 입을 틀어막으며 흥분한 나머지 도영의 어깨를 정신없이 흔들어댔다.

"으에에에."

괴상한 소리로 기쁨을 나타내는 도영. 다른 멤버들도 하나같이 잔뜩 설레어 있는 와중에, 선우의 시선이 상준에게로 향했다.

원래대로라면 격하게 즐거워했을 상준이지만, 지금은 다른 것에 완전히 빠져 버린 듯 골똘히 책을 보며 엎드려 있었다.

"뭐 해?"

"아."

선우가 툭 치자 그제야 고개를 드는 상준. 상준이 아까부터 보고 있던 것은 다름 아닌 스페인어 회화 사전이었다. 도영은 상준의 손에 들린 책을 보고선 놀란 눈을 크게 떴다.

"이거 공부하고 있던 거였어?"

그러고 보니 라이브 방송이 끝난 뒤에 줄곧 책 한 권을 붙들고 있던 상준이었다. 은근히 새로운 걸 찾아보길 좋아하는 상준이니 여행지나 미리 살펴보나 했더니만.

"형이 공부를 한다고……?"

"아니, 왜. 뭐가 어때서."

"유찬아, 유찬아! 혹시 오늘 해가 동쪽에서 뜬 거 아냐… 악!"

해는 원래 동쪽에서 뜬단다.

송준희 매니저는 혀를 차며 상준에게 얻어맞고 있는 도영을 내려다보았다.

"그만들 해라."

송준희 매니저가 간신히 진정시킨 뒤 평화가 찾아왔…….

"형, 진짜 이걸 한다고?"

"테스트해 줄까."

"올라! 올라! 올라!"

"다들 정신없어! 저리 가아악!"

유감스럽게도 평화는 찾아오지 않았다.

상준은 한숨을 내쉬며 자꾸만 달라붙는 도영과 제현을 밀어냈다.

"후."

「운동 신경의 천재」 재능을 반납하고 새롭게 대여해 둔 「언어의 마술사」.

글로벌 아이돌이 되겠다는 상준의 포부를 이루기 위한 첫걸음이었다.

'영어는 못해도 너무 못했지만.'

이번 기회에 흑역사를 만회해 보겠다는 생각에서였다.

「언어의 마술사」 재능에 기존에 있었던 암기 천재 재능까지. 새로운 언어를 습득하기 위한 준비는 끝났다.

상준은 자신감 넘치는 표정으로 책을 덮었다.

"내가 또 글로벌 아이돌을……."

"형, 영어도 못하잖아."

말이 끝나기 무섭게 제현의 팩폭이 날아왔다. 영어도 못하면서 무슨 스페인어냐는 제현의 지적에 상준은 뻔뻔한 표정으로 말을 뱉었다.

"제현아."

"어엉?"

"원래 언어에는 순서가 없는 법이거든."

그게 무슨 헛소리냐는 듯 두 눈을 끔뻑이는 멤버들. 상준은 한 치의 부끄러움 없이 당당하게 말했다.

"내가 영어는 못해도 스페인어는 잘한다는 소리야."

＊　　　　＊　　　　＊

다음 날.

상준이 했던 말이 단순히 허세일 줄만 알았던 멤버들은 식겁했다.

"뭐지."

"장난치는 게 아니라 지금 하고 있는 거 맞지?"

"그럴걸?"

바르셀로나의 카탈루냐 박물관.

낯선 광경에 송준희 매니저조차 애를 쓰고 있던 상황에 혜성처럼 나타난 건 상준의 완벽한 통역이었다.

"¿Cuánto cuesta la entrada(입장료는 얼마예요)?"

회화 책을 통째로 외운 건 그렇다 쳐도 저 발음은…….

"거의 원어민 발음 같은데?"

단순히 굴리는 거라고 표현하기에는 현지인들과 막힘없이 대화를 이어가고 있다. 어제 줄곧 상준을 놀려대던 제현은 또다시 멍해진 얼굴로 상준을 바라보았다.

"대체 뭐야."

상준의 영어 실력을 익히 봐온 멤버들은 충격에 빠졌다. 송준희 매니저는 감탄과 함께 도영에게 불쑥 물었다.

"상준이가 스페인에서 살다 왔었나?"

"아뇨, 23년 전에 해외여행 다녀왔다던데요."

"그건 또 무슨 소리야."

"그런 게 있어요."

송준희 매니저는 고개를 갸우뚱해 보이며 커피 한 잔을 홀짝였다. 그 와중에도 상준은 뛰어난 스페인어 실력을 맘껏 발휘하고 있었다.

"진지하게 알고 보니 스페인 출신이었던 거 아닐까?"

"국적이?"

"어엉."

「언어의 마술사」.

암기 천재 재능이 회화 책의 내용을 통째로 상준의 머릿속에 집어넣게 해준 재능이었다면, 이 재능으로 상준은 회화의 기초를 쌓을 수 있었다.

배우고자 하는 나라의 언어를 이해하고 그들에게 익숙한 발음으로 답하는 것. 사실 듣는 거에 치중된 재능이다 보니, 상준이 구사하고 있는 문장들은 상당히 기초적인 것에 가까웠다.

애당초 베이스가 어제 줄곧 외워댔던 회화 책에서 나온 것들이었으니. 하지만, 그런 기초적인 스페인어 실력이라도 아무것도 모르는 멤버들의 눈엔 대단해 보였다.

"Es grandioso(정말 엄청나군요)."

가우디의 원목 가구들을 보며 외국인 가이드와 유창하게 대화를 나누고 있는 상준. 상준의 뒤에 서 있던 제현은 초롱초롱한 눈길로 상준의 발음을 따라 했다.

'멋지다.'

뭔가 알아들을 수 없는 발음. 제현의 지식으로는 형용할 수 없는 새로운 언어. 제현은 두 눈을 반짝이며 상준을 따라 발음을 굴렸다.

"에스… 에스 그… 뭐시기."

결과는 처참했지만.

쾅.

제현은 상준의 발음을 따라 하며 멍하니 앞으로 직진하다 벽에 머리를 박았다.

"아악!"

"뭐 하냐."

그런 제현을 안타깝다는 듯 바라보고 있는 유찬. 한 걸음 뒤에 물러서 있던 선우는 다시금 상준의 재능에 감탄했다. 제현은 부딪힌 머리를 손으로 문지르며 선우에게 다가가 물었다.

"상준이 형은 영어도 금방 배웠으려나?"

"스페인어 공부할 시간이었으면, 이젠 영어도 잘하지 않으려나?"

아무리 언어에 순서가 없다지만. 상준의 재능이라면 그새 영어에도 통달했을 것이다.

어쩐지 이제는 무슨 일에서든 신뢰가 간다.

그렇게 짐작하고 있던 둘의 시선이 일제히 상준을 향했다.

"어?"

"현지 사람이 아닌가."

카메라를 메고 있는 푸른 눈의 청년.

"Let me ask you a question."

노란 머리를 한 외국인이 상준에게 다가갔기 때문이었다.

*　　　*　　　*

'분명 그새 엄청 늘었을 거야.'

동경 어린 시선으로 상준을 바라보던 제현. 그의 반짝이던 기대는 이어지는 상준의 한마디에 산산조각이 나고야 말았다.

"…왓?"

"……."

"뭐야. 저건 또."

상준은 팔다리를 휘적거리며 외국인과 소통을 시작했다. 얄

곽한 영어 지식으로 본토 발음을 이해해 보고자 하였으나…….

"접신인가."

멤버들의 눈에는 소통보다는 접신으로 보였다. 웃긴 건 그 상황에서도 의사소통이 되긴 되고 있었다는 점이었다. 약 98프로 정도 부족한 수준으로.

"으음. 오오, 예스."

상준은 턱을 쓸며 외국인의 말을 이해했다.

「언어의 마술사」. 상준이 새롭게 대여한 재능 덕에 그의 말을 이해하는 것은 어렵지 않았다.

'안내 책자를 어디서 받는지 모르겠다고?'

다만 그 반대가 어려웠을 뿐이다. 알고 있는 지식이 없으니 유창한 발음도 쓸 데가 없다. 지금 상준은 원어민스러운 발음으로 영양가 없는 얘기만 반복하고 있었다.

"오케이. 오케이."

"저 형은 뭘 자꾸 알겠대."

보다 못한 도영이 혀를 찼다. 영어 실력이 전무한 도영의 눈에도 그리 보일 정도니 상준의 눈앞에 서 있는 외국인은 더했다.

'뭐야? 알아듣긴 한 건가.'

유창한 스페인어 실력을 선보이는 외국인이라, 당연히 상준을 교포이겠거니 생각했던 남자다. 살짝 도움만 받겠답시고 물은 질문인데 아무래도 상대를 잘못 고른 거 같다.

남자가 그렇게 생각하고 있던 찰나.

"아."

상준이 고개를 끄덕이며 입을 열었다.

"안내 책자가 아까 홀에 있었지."

"Oh?"

이제 머릿속에 있는 지식을 입 밖에 꺼내기만 하면 된다.

상준은 다시금 영어를 처음 공부하던 시절의 기억을 떠올려 냈다. 비록 방송에서 짧은 영어를 선보이며 세간의 비웃음을 샀 지만, 상준의 마인드는 아직 그대로였다.

'영어는 자신감이다.'

상준은 씨익, 미소를 지으며 계단이 있는 쪽을 손으로 가리켰다.

'홀에 가면 되니까…….'

자신감 넘치게.

"고 투 헬."

"……!"

그 광경을 가만히 지켜보고 있던 유찬의 입에서는 탄식이 흘 러나왔다.

"미친놈아."

*　　　　*　　　　*

상준의 한마디에 일행에게는 싸늘한 정적만이 감돌았다. 몇 번 사과까지 하고 상황을 설명한 뒤, 쫓기듯 박물관을 도망쳐 나왔지만 그 후폭풍은 가시질 않았다.

"아니, 형은 대체 무슨 말이 하고 싶었던 거야?"

"…고 투 홀."

상준은 시무룩한 표정으로 물병을 벌컥 들이켰다.

"발음이 꼬였을 뿐이거든."

"글로벌 아이돌답다."

이때다 싶어 물어뜯는 동생들. 상준은 해탈한 표정으로 송준희 매니저를 올려다보았다.

"저희 이제 어디 가요?"

"고 투 헬……?"

"……."

믿었던 송준희 매니저마저 배신을 하다니. 상준은 복잡한 얼굴로 자리에서 벌떡 일어났다. 송준희 매니저는 피식 웃으며 안내 책자를 가방에 집어넣었다.

"이쪽은 충분히 봤으니까 다른 데 가야지. 때마침 가야 할 곳이 있어서."

"어디요?"

원래는 간단한 식사 이후에 사그라다 파밀리아 성당을 찾을 예정이었다. 하지만, 일정이 꼬인 바람에 계획을 살짝 바꿀 생각이었다.

"사람을 만나러 가려고."

"어떤 사람이요?"

"어, 여기다."

영문도 모른 채 송준희 매니저를 졸졸 따라가는 멤버들. 그들이 다다른 곳은 바르셀로나의 한 거리였다. 한국과는 분위기가 전혀 다른 이국적인 분위기. 그중에서도 눈에 딱 들어오는 유리 건물이 그들을 기다리고 있었다.

띠링―.

송준희 매니저는 엘리베이터 버튼을 누르며 멤버들을 돌아보았다.

"김광현 안무가 알지?"

김광현이라. 어디서 들어본 듯한 이름에 상준은 인상을 찌푸렸다.

그때, 그 이름을 곱씹던 도영이 벌떡 고개를 들었다.

"아! 알죠. JS 엔터 전설의 안무가."

"아아."

"형한테 엄청 들었거든요."

도영의 한마디에 원래 JS 엔터에 있던 멤버들은 대강 감을 잡은 모양이었다. 2년 전에 JS 엔터를 나가 해외에서 활동하고 있다는 살아 있는 전설, 김광현 안무가.

도영은 흥분한 얼굴로 상준에게 말을 쏟아냈다.

"그, 그, 케이팝 오디션 프로에도 나왔었잖아. 심사 위원으로."

"아!"

어쩐지 익숙하더라. 상준은 격하게 고개를 끄덕이며 손뼉을 쳤다.

"맞네."

"JS 엔터에서 원래 블랙빈 연습생 시절에 가르쳐 주시던 분인데, 여기저기 방송도 엄청 나가시고 장난 아니었지."

"그분이 여기 계신다는 거죠?"

"그래. 너네 잠깐 알려달라고 찾아온 거야."

와.

당시에 데뷔조였던 블랙빈 멤버들이 김광현 안무가에게 수업을 듣는 걸 보면서 몰래 동경했던 도영이었다. 이렇게라도 그에게 수업을 들을 기회가 왔다는 게 놀라울 따름이었다.

안무를 잠깐 배운다는 스케줄은 들었지만 그 상대가 김광현 안무가일 줄이야.

도영은 입꼬리가 귀에 걸린 채 속사포로 말을 쏟아냈다.

"대박, 대박. 그분 실력이 진짜 장난 아니시던데. 춤 한 번 보면 포인트 다 잡아내시고. 어떤 안무든 완벽히 소화해 내시는⋯⋯."

"설마 내 얘기는 아니겠지."

"허억."

그 순간. 도영의 뒤에서 나직이 들려오는 목소리.

멤버들은 당황한 얼굴로 동시에 고개를 돌렸다.

"아까부터 익숙한 나라 말이 들려서."

"오셨네요."

새하얀 모자를 깊게 눌러쓴 채 편해 보이는 추리닝을 입고 터덜터덜 걸어 나온 남자.

살아 있는 전설이라고 불리기엔 동네 형님 같은 옷차림이긴 했지만.

'뭔가 달라.'

남자의 눈빛과 마주한 순간 상준은 직감했다.

포스부터 차원이 달라 보였다. 마치 자신의 동작 하나하나를 분석할 것만 같은 예리한 눈길.

상준은 침을 삼키며 고개를 숙였다.

"Dream the top! 안녕하세요, 탑보이즈입니다!"

탑보이즈의 각이 잡힌 인사가 끝나자마자 김광현 안무가는 너털웃음을 터뜨렸다.

"그렇게까지 할 거 없고. 일단 다들 들어와."

탑보이즈는 김광현 안무가의 안내를 따라 연습실로 들어섰다.

"와."

묵직한 나무 문을 열어젖힌 상준은 감탄을 터뜨릴 수밖에 없었다.

JS 엔터의 연습실도 대형 기획사답게 널찍한 편이었지만.

"여기 무슨 운동장이야?"

"대박……."

입이 떡 벌어질 정도의 넓은 연습실에 사방을 둘러싸고 있는 거울까지. 상준은 멍하니 서서 저도 모르게 작게 중얼거렸다.

"저기에 책 던지면 편하게 들어가겠다……."

재능 서고의 부작용이다. 상준은 헛기침을 하며 김광현 안무가에게로 시선을 돌렸다. 연습실이 신기해서 여기저기 둘러보고 있는 멤버들이 재밌었는지, 김광현 안무가는 흐뭇한 미소를 짓고 있었다.

"자, 다들, 집중 좀 해볼까?"

"네엡!"

부드러운 목소리에서 뿜어져 나오는 카리스마. 상준은 유지연 선생을 처음 만났을 때를 떠올렸다. 딱히 날카로운 말을 하는 것이 아님에도 경험에서 우러나오는 카리스마가 있다.

김광현 안무가에게도 역시 그런 카리스마가 있었다.

그의 한마디에 일제히 조용해지는 멤버들. 그는 담담한 목소리로 말을 이었다.

"너네 얘기는 종종 들었어."

"정말요?"

"데뷔하는 걸 봤으니깐."

아무래도 소속되어 있던 회사의 연습생들이다 보니 데뷔 때도 꽤 관심을 가졌던 모양이었다. 그래 봐야 바쁜 스케줄에 얼굴과 이름 정도 익히고 있는 수준이었지만. 그는 고개를 까닥이며 불쑥 말을 던졌다.

"다들 꽤나 하는 거 같던데, 실력 좀 볼까?"

"……."

송준희 매니저는 피식 웃으며 자리를 비켰다. 제대로 된 수업을 위해서 편하게 자리를 비워주는 것이었으나, 어째 멤버들의 동공이 크게 흔들리고 있었다.

'내버려 두고 가지 마세요!'

마치 그렇게 외치는 듯한 간절한 눈빛. 송준희 매니저는 씨익 웃으며 과감하게 문을 닫아버렸다.

"아."

하필 첫 만남부터 실력 평가라니.

상준은 시선을 다른 곳에 돌리며 은근슬쩍 유찬을 돌아보았다. 괜히 리드댄서가 아닌 만큼 춤 실력이 수준급인 유찬이었다.

'네가 해.'

입모양으로 뻐끔거리는 상준을 보곤 질색하는 유찬이다.

'내가 왜. 형이 해.'

서로에게 기회를 양보하는, 그야말로 우애 깊은 현장이 아닐 수 없다. 멤버들을 슬쩍 돌아보던 김광현 안무가는 실망한 듯 말을 뱉었다.

"뭐야, 이 소극적인 자세는."

워낙 열정 있게 방송을 하던 멤버들이었으니 너 나 할 것 없이 나서서 춤을 선보일 줄 알았다. 하지만, 아무리 열정이 있다 쳐도······.

'저분 앞에서 첫 번째로 하라고?'

그 열정이 따라주지 않는 상황이 있는 법이다. 금방이라도 베일 것만 같은 저 날카로운 시선 앞에서 허접한 춤 실력을 선보이라니.

「유연한 댄싱 머신」을 체화한 상준이지만 스스로의 춤 실력에 대해서는 확신이 없었다. 보컬 면에서야 단연 메인보컬 위치를 차지하고 있지만 춤은 상대적으로 다른 멤버에게 밀리는 면이 있었다.

그렇기에 섣불리 도전하지 못하고 있던 사이.

"제가 할게요."

도영이 불쑥 손을 들었다.

"오."

김광현 안무가는 감탄을 내뱉으며 도영을 힐끗 돌아보았다.

"도영이었나."

"네, 그렇습니다."

도영답지 않게 얼어 있는 자세. 유찬은 속으로 웃음을 터뜨리며 도영을 주시했다. 도영은 굳은 얼굴로 조심스레 입을 열었다.

"제가 메인 댄서입니다."

"······!"

"어?"

맞다.

아무 생각 없이 서 있던 상준은 놀란 눈을 번쩍 떴다. 다른 멤버들 역시 놀란 기색은 마찬가지였다. 김광현 안무가는 황당하다는 듯 피식 웃어 보였다.

"얘네는 몰랐다는 눈치인데."

"에? 저 메인 댄서인데."

알긴 알았다. 대략 반년을 잊어왔을 뿐.

유찬은 충격으로 입을 다물지 못한 채 도영을 빤히 바라보았다. 긴장했는지 몇 번 헛기침을 하고선 자리를 잡은 도영.

'잘했던가?'

춤을 단번에 외우는 게 상준이었다면, 오히려 도영은 안무의 학습이 느린 편이었다. 그 외 안무는 이따금 실수할 뿐 크게 구멍이라고 생각했던 적은 없었지만, 그렇다고 따로 활약하는 파트가 크게 주어지진 않았었다.

"으음."

유찬의 헤드스핀만 보다 보니 도영의 안무가 어땠는지 기억이 나질 않는다. 상준이 기대감 어린 시선으로 도영을 물끄러미 바라보던 순간.

두두둥.

신나는 비트의 낯선 곡이 흘러나왔다.

"프리 스타일로요?"

"일단 가봐."

걱정스러운 듯 연신 물으면서도 그새 음악에 몸을 맡기는 도영.

장난스러운 도영만 봐왔던 멤버들의 표정에 이내 놀라움이 가득 찼다.

'뭐야.'

자연스러운 춤 선에 조금씩 빨라지는 동작.

도영은 음악에 녹아 들어가듯 능숙하게 템포를 따라갔다.

"와."

탑보이즈의 허술함을 맡고 있던 도영이 저렇게 새로운 면모를 보여주다니. 상준은 충격받은 나머지 입을 다물지 못했다.

두둥.

빨라지는 템포에서도 균형을 잃지 않고 파워풀하게 안무를 이어가는 도영. 프리 스타일이라고는 믿기지 않을 정도로 체계적인 무대. 마치 저 노래가 도영을 위해 존재하는 것만 같은, 그런 착각이 들었다.

"……."

다들 멍하니 도영의 손동작 하나하나를 주시하고 있던 순간.

"좋네."

김광현 안무가 담담하게 입을 열었다.

단지 그뿐이었다. 구구절절한 평가도 없이 묵직하게 한마디를 던진 김광현 안무가. 멤버들은 긴장한 기색으로 침을 삼켰다.

방금 전 도영의 무대는 충분히 메인 댄서의 존재감을 드러내는 무대였다. 기술적으로도 예술적으로도, 조금도 지적할 부분이 없었다.

김광현 안무가 역시 비슷한 생각이었다. 신인이라고는 믿기지 않을 정도의 거침없는 프리 스타일 안무.

하지만.

섬세함이 부족하다.

거의 모든 것을 갖춘 데다 그 실력을 인정할 만한 무대임에 분명했지만, 김광현 안무가는 아직 목말라 있었다.

그 섬세함마저도 채워줄 수 있을 법한 재능을 지닌 사람.

탑보이즈 멤버들을 천천히 둘러보던 김광현 안무가의 시선이 상준에서 멈췄다.

낮게 깔린 그의 목소리가 연습실에 울려 퍼졌다.

"한번 해볼래?"

*   *   *

"아."

상준은 머쓱한 미소를 지으며 앞으로 나왔다. 시키는 대로 곧잘 하는 상준이지만 춤은 마냥 쉽진 않았다. 무대를 할 때도 가장 긴장하는 부분이 바로 안무다.

안무를 까먹는 일은 거의 없었지만 이따금씩 꼬이는 파트를 줄이기 위해 연습, 또 연습했다. 삐걱거리던 상준의 안무를 「유연한 댄스머신」이 살려놓긴 했으나 안무 창작과는 거리가 멀었던 상준.

하필 프리 스타일 댄스를 선보이라니.

상준은 침을 삼키며 앞으로 나섰다.

두두둥.

도영이 선보였던 곡과는 전혀 다른 스타일의 노래.

딥하우스 장르의 노래가 천천히 흘러나오자, 상준은 조심스레 발을 내디뎠다.

'낯설다.'

난생 처음 듣는 외국 팝이지만 당황하지 않고 음악을 따라가야 한다. 스트릿 댄스를 따로 배워본 적이 없는 상준에게 프리 스타일은 다소 어려운 도전이지만.

'그래서 준비했지.'

상준은 침을 삼키며 허공을 올려다보았다.

「스트릿 댄스의 선구자」.

프리 스타일 댄스를 가장 잘 선보이기 위한 재능. 댄스 실력에 부족함을 느꼈던 상준이 배워보고자 리스트에 올려두었던 재능이었다.

이렇게 빨리 쓰게 될 줄은 몰랐지만.

'할 수 있다.'

상준은 고개를 까닥이며 발을 뗐다.

「유연한 댄스 머신」.

하우스풍의 노래가 느린 템포로 흐르는 동안, 상준은 조금씩 유연한 춤 선을 선보이기 시작했다.

두둥. 두두둥.

리듬에 몸을 맡기며 감각적으로 움직이기 시작하는 상준.

무작정 빠른 템포의 노래보다도 춤 라인을 살리기엔 다소 난해할 수 있는 스타일의 노래지만.

상준은 조금씩 자연스럽게 멜로디에 녹아 들어가고 있었다.

"오."

"뭐야, 잘하는데?"

온전히 춤 선에 올인 한 듯한 섬세한 동작. 프리 스타일이라고는 믿기지 않을 정도로 자연스럽게 이어지는 동선에 김광현 안무가는 두 눈을 번쩍 떴다.

그다음.

「스트릿 댄스의 선구자」.

상준의 두 번째 재능이 빛을 발한다. 하우스 타입의 댄스로 부드럽게 프리 스타일을 선보이는 상준.

'의외잖아?'

김광현 안무가는 팔짱을 끼며 상준을 바라보았다.

사실 아이돌들은 안무 위주로 수업을 배우지, 프리 스타일을 따로 배우는 경우는 흔치 않았다.

버스킹을 많이 했거나 스트릿 댄스를 따로 접하지 않은 이상 프리 스타일에 익숙하지 않은 경우가 대부분인데.

잘한다. 그것도 엄청나게.

"워후!"

처음에는 넋을 놓고 바라보던 멤버들도 조금씩 리듬을 따라 고개를 까닥이기 시작했다. 도영은 추임새까지 넣어가며 양팔을 흔들어댔다.

딥한 멜로디 라인을 따라, 절도 있는 동작보다는 부드러운 춤선을 최우선으로 살려내는 무대. 상준의 무대를 물끄러미 바라보던 김광현 안무가가 나직이 입을 열었다.

"거기까지."

뚝.

뉴스타일 힙합 위주로 댄스를 접해온 상준에겐 다소 어려울 수 있었던 장르와 무대다.

"허억… 헉."

거친 춤동작이 없었음에도 동작 하나하나의 섬세함에 신경 써서일까. 상준은 숨을 몰아쉬며 김광현 안무가를 바라보았다.

의미를 알 수 없는 듯한 무심한 표정. 상준은 긴장한 기색으로 침을 삼켰다.

'이상했나.'

최선의 무대를 선보였지만 불안할 때가 있다. 너무나도 대단한 사람 앞에 섰을 때. 사실 김광현 안무가는 안무뿐만 아니라 프리 스타일에서도 대가라고 불릴 만한 사람이었다.

'굳이 틀에 박힌 무대를 보여줄 필요는 없어.'

안무에도 영혼을 넣고 본인이 끌리는 대로 무대를 이끌어 나가야 한다. 그렇게 믿었던 김광현 안무가다.

물론 그 와중에서도 질서는 중요했다.

프리 스타일은 아무렇게나 끌리는 대로 추는 춤이 아니라, 기술이며 작품이었다.

그렇기에 김광현 안무가가 주시했던 것이 바로 섬세함.

"좋다."

김광현 안무가는 상준의 무대에서 그 섬세함을 볼 수 있었다. 완벽주의라고 믿어질 정도의 섬세함. 김광현 안무가는 담담한 목소리로 상준에게 불쑥 물었다.

"힘을 빼지 않은 게 일부러 그런 건가?"

"아."

춤 선에 집중하다 보니 저도 모르게 힘이 들어가고야 말았다. 상준은 흠칫 놀라며 그의 말에 답했다.

"아, 그건 아닙니다."

"원래는… 사실 지적할 생각이었는데."

김광현 안무가는 피식 웃으며 말을 이었다.

"너무 자연스러워서."

강약을 조절하며 춤 선을 선보인다는 것이 결코 쉬운 일이 아니다. 그런데, 상준은 의식하지 않은 채로 그걸 해내고 있었다. 저런 부드러운 춤 선에 힘을 넣는 순간 부자연스러워 보일 수도 있었지만.

'신기하네.'

귀신이 곡할 노릇이다. 섬세하면서도 부드럽고, 그것이 자연스러울 수 있다는 것이.

김광현 안무가는 속으로 혀를 내두르며 손뼉을 쳤다.

"그래, 프리 스타일은 여기까지 보고."

절도 있는 도영의 무대와, 섬세했던 상준의 무대.

그 어느 누가 더 잘했다고 볼 수는 없는 무대였지만.

한 가지는 확실했다.

'가르치고 싶은데.'

가능성이 있는 친구들.

탑보이즈 멤버들을 쓰윽 돌아본 김광현 안무가는 자신 있게 말을 뱉었다.

"이제 한번 제대로 해보자고."

*　　　*　　　*

"으억……."

"매니저님, 매니저님……."

"밥 주세요. 저 배고파요."

단체로 골골거리며 걸어오는 탑보이즈.

광장 한편에서 기다리고 있던 송준희 매니저는 놀란 얼굴로 일어났다.

"무슨 일 있었어?"

고작 안무 연습 한 번 하고 왔을 뿐이다. 평상시 연습하는 시간에 비해서는 적은 양이었고. 송준희 매니저는 손목시계를 확인했다.

겨우 3시간 남짓 흐른 시간.

"대체 뭘 한 거야?"

그 짧은 시간에 저렇게 비 맞은 생쥐 꼴이 되어서 돌아오다니.

분명 하늘은 쨍쨍한데, 어디서 비를 맞고 온 게 아닌가 싶은 생각이 들 정도의 몰골이었다.

풀썩.

가장 먼저 엎어진 도영이 곡소리를 내며 입을 열었다.

"진짜……. 진짜……."

억울한 듯 나직이 중얼거리는 도영과 넋이 나간 멤버들의 몰골.

둘을 종합적으로 판단한 송준희 매니저는 확신에 찬 얼굴로 말을 뱉었다.

"너네 혼났어?"

"에?"

"혹시 너네 못한다고……."

송준희 매니저의 머릿속에 막장 드라마의 한 장면이 그려졌다. 지나친 학구열을 지닌 스승과 그 열정을 따라가지 못하는 제자들. 제자들의 무능력에 화가 난 스승이…….

"너네한테 물 뿌렸어? 그 자식이 진짜, 지금 장난하는 것도 아니고. 아니, 애들이 못할 수도 있는 거지. 애들을 상대로 물을 뿌려?"

엥.

당황한 상황이 두 눈을 끔뻑였지만 송준희 매니저는 멈추질 않았다.

"너네가 풀이야? 잡초야? 물 주면 자라냐?"

"……."

"아니, 그 대접 받고 거기에 왜 있었어!"

"그… 그게요."

"하, 내가 속상해서 진짜."

양동이째로 물을 들이받는 상상을 해버린 송준희 매니저.

속사포로 튀어나오는 송준희 매니저의 말에, 탑보이즈는 단체로 멍해졌다.

"그게 대체 무슨 소리입니까, 매니저님……."

지친 기색의 상준이 두 눈을 끔뻑였다. 평상시였다면 상준이 피곤해 보인다는 사실에 놀랐을 송준희 매니저였지만 지금은 그럴 겨를도 없었다. 송준희 매니저는 황당한 낯빛으로 도영에게 되물었다.

"아니, 아까 진짜… 거리면서 중얼거리던 건 뭐야. 너네 어디서 얻어맞고 온 거 아냐?"

"……."

걱정스러운 듯 인상을 찌푸리는 송준희 매니저. 과분한 걱정은 감사하지만 제대로 헛짚었다. 도영은 머리를 긁적이며 말을 뱉었다.

"진짜… 개빡세다고요."

"야, 이미지 관리."

유찬이 도영의 옆구리를 찌르며 나직이 중얼거렸다. 도영은 다급히 웃어 보이며 말을 덧붙였다.

"아주 빡세다고요."

"그 꼬라지는 뭐야?"

"…씻고 온 건데."

아.

송준희 매니저는 뒤늦게 깊은 깨달음을 얻은 듯한 표정이 되었다.

"크흠, 일단 앉아."

멀쩡했던 애들을 세워두고 혼자 난리를 쳤다고 생각하니 부끄럽다. 송준희 매니저는 다급히 손짓하며 시선을 돌렸다.

'아, 미치겠네.'

괜히 혼자 흥분해서 갖은 난리를 쳤다. 그의 속사포 질문이 꽤나 소란스러웠던 모양인지 옥외 테이블에 앉은 근처 사람들의 시선이 그들에게 쏠려 있었다.

아티스트를 보호해야 할 매니저가 오히려 시선을 끌다니.

송준희 매니저는 착잡한 표정으로 이 사태를 어떻게 수습해야 하나 고민했지만……

"헐, 맛있겠다."

멤버들은 해맑게 두 눈을 반짝이고 있었다.

마치 아무 일도 없었다는 듯한 표정이다.

"어, 음식 나왔다."

푸드 트럭에서 핫도그를 받아 든 도영이 걸어오며 송준희 매니저에게 물었다.

"먹… 먹어도 되죠?"

"……."

도영은 콧노래를 흥얼거리며 핫도그 한 입을 베어 물었다.

이미 먹고 있으면서 당당하게도 물어본다.

오늘의 메인 메뉴는 핫도그와 츄러스. 간단히 끼니를 해결하기엔 충분한 음식이었다.

상준은 군침을 삼키며 핫도그를 한 입에 넣었다.

기름진 빵을 한 입에 밀어 넣자마자 갓 구워진 소시지가 부드럽게 씹힌다. 한 입 베어 물 때마다 느껴지는 육즙에 상준은 만족스러운 미소를 지었다.

"와."

송준희 매니저가 부끄러워 얼굴을 못 들고 있는 사이, 멤버들은 정신없이 음식을 먹어댔다.

"장난 아니다, 진짜."

"상준이 형, 이거 만들 줄 알아?"

"당연하지."

"와, 만들어주는 거야?"

"…아니?"

켁.

솔직하게 의견을 피력했을 뿐인데 뒤에서 싸늘한 시선이 느껴진다. 상준은 부드럽게 웃어 보이며 핫도그를 마저 오물거렸다.

"어림도 없지."

"진짜 저 형은 가끔 보면 인성이……."

"뭐?"

"너무 아름답다고."

고맙다.

상준은 흐뭇한 미소를 지으며 달달한 츄러스를 베어 물었다.

별거 아닌 메뉴지만 본고장에서 먹는 거라 그런지 그 맛이 한층 더 각별했다.

'자, 1시간 더!'

'2시간 더!'

상준보다도 엄청난 열정으로 3시간을 줄곧 수업한 김광현 안무가 덕에, 다들 없어서 못 먹을 수준으로 음식을 흡입했다.

"아."

그런 탑보이즈를 멍하니 보고 있던 송준희 매니저.

그제야 정신을 조금 차린 그가 고개를 들었다.

"맞다. 얘들아."

"으음. 맛있당."

"먹을수록 맛있는 맛. 둘이 먹다가 유찬이를 죽여도 모를 맛?"

"…나를 왜 죽여. 미친놈아."

"아아악!"

"얘들아?"

급히 꺼내야 했던 건이라 송준희 매니저는 손뼉을 크게 치며 입을 열었다. 주의를 모으기 위한 행동이었지만.

"광고 얘긴데."

"……!"

"네, 무슨 얘기죠?"

"너무 듣고 싶어요."

'광고'라는 한마디가 주는 파워는 훨씬 더 강력했다. 자신을 향해 두 눈을 반짝이는 멤버들을 보며 송준희 매니저는 혀를 내둘렀다.

"자본주의의 노예들 같으니라고."

"그래도 성실한 노예예요."

"그건 그렇네."

송준희 매니저는 피식 웃으며 가방에서 서류 한 장을 꺼내 들었다. 내일모레 촬영하기로 했던 이온음료 광고의 간단한 컨셉이 나와 있었다.

"이거예요?"

상준은 떨리는 손으로 종이를 잡았다. 그의 주위로 순식간에 멤버들이 몰려들었다. 난생 첫 TV 광고. 설렘 가득한 눈빛으로 종이를 읽어나가던 상준의 시선이 한 문장에서 멈췄다.

"청량함을 살려서 감탄을 뱉는다."

"아, 이거."

유찬 역시 같은 생각을 했는지 고개를 격하게 끄덕였다.

유플라이의 「Fly」 무대를 준비할 당시에 아린에게 직접 배웠던 감탄사가 있었다.

"형이 이거 잘하지 않아?"

유찬의 한마디에 모두의 시선이 상준에게 쏠렸다.

"내가……?"

*   *   *

청량함이라니.

유찬이 불쑥 던진 말에 상준은 불안한 심정으로 되물었다.

"어떤 걸?"

"플라이 느낌이요."

"오."

플라이로 마지막 경연에서 우승을 차지한 만큼, 송준희 매니저는 상준의 말에 기분 좋게 호응했다. 그런 느낌 그대로만 가면 좋겠지만.

"정확히 어떤 포인트인데?"

아무것도 모르는 송준희 매니저가 물어오자, 상준은 대답 대신 물 한 모금을 벌컥 들이켰다.

"뭐야, 왜 그렇게 진지해."

불안한 눈빛으로 상준을 바라보는 송준희 매니저.

'여기서 해도 되겠지?'

플라이 무대를 준비할 당시 아린이 했던 말이 있었다.

'이건 무조건 자신감이에요. 절대 후회하지 말고, 일단 지르고 보

는 거.'

그러니까.
일단 지르…….
"꺄아아악!"
온 세상을 울릴 것만 같은 파워풀한 청량함.
"……."
뒤늦게 쥐구멍에 숨어 들어가고 싶어진 상준은 얼굴을 파묻었다.
"형… 형?"
"죄송합니다아……."
어차피 그들이 알아듣지도 못할 한국말로 중얼거리는 상준.
이미 청량함에 놀란 광장 사람들은 술렁이고 있었다.
지나가다 슬쩍 그들이 있는 테이블 쪽을 바라본 한 남자는 나직이 입을 열었다.
"¿Estás loco(미친 사람인가)?"
그들의 술렁임을 해석하지 못한 멤버들과 숨어버리느라 아무 것도 듣지 못한 상준. 사람들이 수군대는 소리에 자신감을 얻은 도영이 두 눈을 반짝였다.
"뭔가 반응 좋은 거 같은데?"
"아, 그랬어?"
상준은 희망을 갖고 벌떡 고개를 들었다.
"푸흡."
언어가 통하진 않지만 자신을 향한 온화한 미소가 느껴진다.

상준은 슬쩍 눈치를 살피며 도영의 말을 들었다.

"사람들이 다 웃더라고."

"맞아, 다 웃더라."

"세계적인 개그 코드인 거 같은데, 형."

"야, 우리는 아이돌이야. 개그맨이 아니라."

"그래도 웃으면 좋지. 복이 온대."

그게 꼭 좋은 것만은 아닐 텐데.

송준희 매니저는 살짝 나서서 말리고 싶어졌지만 그러기엔 멤버들의 얼굴이 너무 행복해 보였다.

"이게 딱 광고에 맞네."

화려한 퍼포먼스와 호의적인 사람들의 반응.

광고를 진행하기에 이보다 괜찮은 요소가 없다.

리더 선우가 진지한 얼굴로 말을 뱉었다.

"그럼 이대로 갈까요?"

*   *   *

대망의 광고 촬영 날.

"뛰어와서 여기에 놓인 음료 채 가시면 돼요. 리액션이나 표정은 자유롭게 하셔도 좋고."

"아, 넵."

"최대한 편하게. 편하게 해주시면 될 거 같아요."

스페인까지 직접 온 촬영 팀. 상준은 뒤편의 푸르른 호수를 바라보며 슬쩍 미소 지었다. 이온음료 광고와 가장 잘 어울릴 만한 장소 선정에 차분히 계획된 구도까지.

처음에는 마냥 긴장했던 멤버들도 스태프들의 말에 긴장을 풀었다.

선우는 이온음료를 벌컥 들이켜며 작게 물었다.

"편하게 하라고 했으니까 우리가 생각했던 거 해도 되나?"

"그러엄."

"와, 내가 세상 청량하게 해서 카메라 원 샷 받아도 되는 거야?"

도영은 희망찬 얼굴로 당당하게 말을 뱉었다.

'맞아요. 그게 일반적인 청량함이죠. 근데 플라이는 느낌이 다르거든요?'

기왕 편하게 하라고 했으니 유플라이의 서아린에게 직접 전수받은 청량함을 마음껏 선보이겠다는 계획.

물론 그게 될 리가 없었다.

"컷!"

"컷!"

"오, 다 통과되었다는 소리인가요?"

"다 쳐내라고요."

아.

막상 들었을 때는 크게 실망하긴 했지만.

멤버들은 결과물 앞에서 감탄을 토해낼 수밖에 없었다.

'이걸 이렇게 살려?'

'꺄아아아아아!'

미처 날뛰는 멤버들의 장면은 자연스레 편집되고.

열심히 뛰던 탑보이즈가 이온음료 캔을 툭 내려놓으며 화면을
바라보는 장면.

그리고.

"캬."

제법 멋진 표정을 끌어모아 화면을 응시하는 장면까지.

말 그대로 엑기스라 볼 수 있는 장면만 모아놓은 광고다.

"이렇게 광고가 만들어지는구나."

전문가의 손길.

뮤직비디오를 간단하게 지시해 본 경험은 있지만, 진짜 프로
의 솜씨를 확인하고 나니 겸손해지는 상준이었다. 상준은 흐뭇
한 미소를 지으며 예쁘게 뽑힌 광고를 바라보았다.

"이거 매출 오를 거 같은 느낌이 팍 든다던데?"

아직 완성본이 아닌데다 급하게 현장에서 편집한 장면에 불과
했지만, 벌써부터 반응이 뜨거웠다.

촬영 팀 측에서 건네온 말을 전하는 송준희 매니저의 얼굴에
미소가 돌았다.

"자, 다들 잘했다."

"예에에. 그럼 저희 촬영 끝난 거예요?"

"그래."

송준희 매니저는 제현의 등을 두드리며 고개를 끄덕였다.

여행까지 와서 광고 촬영을 진행하는 스케줄이 다소 빡셀 법

도 했지만, 별 불만 없이 잘 따라주는 멤버들이다.

그 덕에 순식간에 마무리 된 촬영.

그렇게 별 탈 없이 첫 번째 TV 광고 촬영이 끝났나 했더니만.

"이게 뭐야……?"

그날 저녁, 커뮤니티에 한 동영상 링크가 올라왔다.

*   *   *

「탑보이즈 광고 촬영 현장, 뜻밖의 득음」

한 줄의 간략한 문구로 올라온 한 동영상.

그 동영상에는 촬영에 몰입한 멤버들의 모습이 담겨 있었다.

광고사에서 따로 제작해 두었던 메이킹필름이었다.

"뭐야, 이거 반응 왜 이렇게 핫해."

"……"

50만 뷰.

자고 일어났더니 훌쩍 50만 명을 넘기고야 만 조회수다.

실시간으로 올라가는 조회수를 보며 상준은 멍한 얼굴이 되었다.

이미 그 아래 달린 댓글들은 각종 드립으로 난무해 있었다.

―히즈 건~ 내가 이거 할 때부터 알아봤자너

 ㄴ히즈 건~ 아웃 옵 마이 라이프~

 ㄴ메탈 상준이 한 건 했네

ㄴ유찬이는 왜 청량을 하랬더니 까마귀 소리를 내고 있음?

ㄴ쉿

ㄴ사실 유찬이가 까마귀라는 게 학계의 정설

―꺄아아아아아!

ㄴ시끄러워!

ㄴ아니, ㄹㅇ 저렇게 했다니까?

ㄴ그럴리가.

ㄴ……. 진짜네????

ㄴ근데 너무 당당해서 감명받았음

―록스피릿인가……?

ㄴ탑보이즈 차기 앨범 록스피릿으로 컴백하나요?

ㄴ이게 머람 ㅋㅋㅋㅋㅋㅋㅋㅋ

ㄴ이온음료 광고를 찍으랬더니 개그물 한 편을 찍어 오네 ㅋㅋㅋ

ㄴ설마 광고 저렇게 나가요?

ㄴ그럼 광고 짤려요;;

ㄴ병맛이면 가능할 수도 있지! 왜 우리 광고모델 기를 죽이고 그래욧!

"크흠."

상준은 헛기침을 차며 아린에게서 온 문자를 확인했다.

[전 완전 괜찮던데요? 뭐가 문제지? 이해할 수가 없네.]

"얘가 이러니까 우리를 그렇게 가르쳐 준거야."

"…맞네."

옆에 있던 유찬의 나직한 팩폭에 상준은 천천히 고개를 끄덕였다. 혹시 동영상 반응이 별로라 타격을 입으면 어쩌나 고민했지만, 메이킹필름의 효과는 예상보다 훨씬 좋았다.

"다들 광고만 기다린다는데."

송준희 매니저는 황당하다는 듯 혀를 내둘렀다. 괜히 노이즈 마케팅이라는 게 있는 게 아니다. 록스피릿 감성으로 득음하는 광고를 보고 싶어 하는 대중들이라니.

"광장 쪽으로 갈까."

송준희 매니저는 이온음료 캔을 쓰레기통에 던지며 멤버들을 이끌었다.

"와, 벌써 시간이 이렇게 됐네."

스페인에 온 뒤로 안무 수업과 광고 촬영에 관광지까지, 여기저기 정신없이 둘러보며 바빴던 휴가. 이곳으로 여행을 온 지도 어느덧 일주일이 흘렀다.

이제는 스페인을 떠나야 할 시간.

"여기만 마지막으로 둘러보고 비행기 시간 맞춰 공항 가자."

"네엡!"

레티로 공원.

드넓은 호수가 가득한 공원을 돌아보며 멤버들은 신이 난 얼굴이 되었다.

사실 데뷔 이후로 공원을 당당하게 산책한다는 것이 점점 힘들어졌다. 한국에서는 알아보는 사람이 있을까 봐 웬만해선 길거리를 나다니질 않았으니.

"좋네."

게다가 이렇게 여유를 가지고 산책하는 것 자체가 오랜만이었다. 상준은 바람을 쐬며 천천히 호수를 따라 걸었다. 그 옆으로 펼쳐진 화려한 건축물들. 엄청난 크기의 공원 앞에서 압도되는 기분마저 들었다.

"꾸에에. 꾸엑."

"뭐해?"

"오리랑 대화 중. 근데 무시당했어."

"나 같아도 외면하고 싶을 거 같긴 했다."

도영은 호숫가로 다가서서 둥둥 떠다니는 오리들과 교감을 시도하고 있었다. 유찬은 혀를 차며 도영의 옆으로 다가갔다.

"호수가 장난 아니게 넓네."

유리로 만들어진 근사한 건축물들도 예술적이었지만 멤버들의 시선이 가장 많이 향한 곳은 단연 호수였다. 광고 촬영 당시에 지나갔던 호수 못지않게 광활한 크기에 절로 감탄이 튀어나왔다.

그 순간.

"어?"

제현이 놀란 눈으로 오른편을 돌아보았다.

디링. 디리링.

부드럽게 흘러나오는 기타 소리와 그 위로 얹어지는 하모니카의 소리.

"버스킹인가?"

아무래도 음악을 하는 입장이다 보니 노랫소리만 들으면 자연

히 귀가 그쪽으로 쏠린다. 상준은 미소를 지으며 홀린 듯 버스
킹 자리로 걸어갔다.

혼자서 능숙하게 기타를 치며 입에 문 하모니카로 연주를 선
보이는 한 중년의 남자. 수준급의 연주에 상준은 두 눈을 동그
랗게 떴다.

"와, 저걸 동시에 하시네."

「악기의 마에스트로」 재능이 있다 한들, 저건 노력의 힘 없이
는 이뤄낼 수 없는 결과물이다. 경쾌한 리듬을 따라 상준은 몸
을 앞뒤로 까닥였다.

그때였다.

"어, 저기서도 하네?"

반대편에서 커다란 앰프를 설치하고선 버스킹을 준비하는 사
람들. 대략 10명 남짓의 사람들이 몰려온 걸 보고선 도영의 두
눈이 반짝였다.

"우리도 해볼까?"

"여기서?"

선우는 대답 대신 송준희 매니저를 돌아보았다. 사실 여행
리얼리티 촬영을 위해 버스킹 장비를 준비해 오긴 했었다. 기
회가 닿으면 해보고 아니면 말자는 식이었지만, 이렇게 되니 퍽
끌린다.

"괜찮지 않아?"

장비도 있으니 설치하기만 하면 그만. 송준희 매니저는 고개를
끄덕이며 도영의 말에 동조했다. 댄스 학원에 다니던 시절 버스킹
을 자주 다녔던 도영이기에, 이런 환경에서도 자신감이 넘쳤다.

"원래 말만 다르지 다 통하는 거야."

"맞지. 맞지."

멤버들은 격하게 고개를 끄덕이며 버스킹을 시작한 반대편 사람들을 바라보았다.

잠깐의 소란이 끝나고.

마이크를 잡은 그들의 입에서 웅장한 목소리가 흘러나왔다.

"아— 아아아."

"아— 아아!'

"워어어어어!"

앰프의 효과는 탑보이즈가 생각했던 것보다 굉장했다.

잔잔하던 호수를 순식간에 콘서트장으로 바꿔 버리는 엄청난 사운드.

"아."

상준은 두 눈을 끔뻑이며 10명의 단체 공연자들을 돌아보았다.

"아— 아아아,"

"성악이지?"

"그런 거 같은데."

효과 좋은 앰프에 타고난 발성까지 겸해지니 그 웅장함을 이루 말할 수가 없다.

디리링. 디링.

열심히 기타를 치고 있던 사내의 무대는 이미 그 웅장함에 묻혀 버리고야 말았다.

"장난 아니네."

잘하긴 엄청 잘한다. 호수를 산책하던 사람들은 그 웅장함에 놀라 모두들 고개를 돌렸으니.

다만.

"……."

아까까지 열심히 하모니카를 불어대던 남자의 표정이 굳어버렸다.

"왜 그러지?"

도영이 영문을 모르겠다는 표정으로 중얼거리는 사이.

"아— 아아아아!"

끼이익.

의자에서 벌떡 일어선 남자는 거침없이 반대편으로 걸어갔다.

"뭐야?"

"뭔 일이야?"

이쪽에서 버스킹 자리를 잡으려고 준비하고 있는 상준은 놀란 눈으로 고개를 돌렸다.

"하아… 하."

잔뜩 화가 난 듯 씩씩대며 성악가들 앞으로 향하는 남자.

그는 이를 악문 채 그들의 앞을 막아섰다.

"Quieres que te deuna leche!"

악에 받친 표정으로 내뱉는 한마디.

버스킹 자리에 괜히 기 싸움이 있는 것이 아니었다. 한쪽의 사운드가 지나치게 크면 다른 쪽이 완전히 묻혀 버리니. 거기에 불만을 품은 모양이었다.

"무슨 뜻이야?"

심상치 않은 상황을 파악한 도영이 놀란 눈으로 물어왔다.

상준은 머리를 긁적이며 그의 말을 해석해 주었다.

"대충 한 대 맞고 싶냐는 소리 같은데."

"…오, 살벌하네."

디디링.

아까의 그 부드러운 음색은 어디로 가고.

"……!"

대화를 주고받는 이들의 언성이 점차 높아졌다.

호수를 전세 냈냐는 말부터 시작해서…….

당당하게 가운뎃손가락을 치켜들기까지.

"엿……. 엿 날리시는데?"

"갸아아악. 이게 뭐야!"

굳이 해석하지 않아도 알아듣겠는 말들. 남자의 과격한 보디 랭귀지를 보며 멤버들의 얼굴은 점점 멍해졌다.

"으아아아악!"

"아악! 아아악!"

일단 여기서 뭘 진행하는 것은 어려워 보인다.

편안한 노랫소리가 들려오고 오리들이 둥둥 떠다니는 평화로운 광장. 거기서 들려오는 조금은 과격한 대화들.

"Fuck you!!"

"……."

몸으로 하는 대화들을 확인한 선우는 다급히 고개를 돌렸다.

그의 입에서 그나마 정상적인 해결책이 흘러나왔다.

"우리……. 딴 데서 할까?"

역시 글로벌 아이돌이 되는 것은 어려운 길이었다.

　　　　　*　　　　　　*　　　　　　*

　"허억… 헉."

　"후우, 이쪽은 괜찮겠지?"

　탑보이즈는 황급히 자리를 피해 광장 구석으로 걸음을 옮겼
다. 저쪽에서 대판 싸우든 말든 이쪽은 제법 평화로웠다.

　호수 위로 둥둥 떠다니는 오리들과 음악을 감상하며 산책하
는 사람들까지. 구석이다 보니 이쪽까지 오는 사람이 적긴 했지
만, 기왕 준비까지 되었으니 버스킹을 한번 해보고 싶다. 상준은
씨익 웃으며 앰프를 간단히 설치했다.

　"다들 준비는 된 거야?"

　"음……. 으음."

　도영은 떨리는 목소리로 고개를 끄덕였다. 버스킹 경험은 여러
번 있었지만 생판 다른 나라에서 버스킹을 하는 건 또 다르다.

　"하나도 안 떨리네."

　덜덜덜.

　도영의 손에 쥔 물병이 사시나무처럼 떨리고 있었다. 처음 '마
이픽'에서 버스킹 경연을 했을 때 못지않게 긴장한 기색. 제현은
황당하다는 듯 말을 더했다.

　"형. 그러다 물병 놓친……."

　"……!"

　"내가 그럴 줄 알았다."

　흥건히 바닥을 적시고 있는 물병은 대충 치우고, 이제는 정말

공연을 준비해야 할 시간이다. 상준은 떨리는 손으로 마이크를 잡았다.

"준비됐지?"

아무도 관심 없이 스쳐 지나가기만 하는 광장 구석. 하지만, 상준은 자신이 있었다. 비록 탑보이즈의 이름을 모르는 사람들이라도 멈춰 서게 만들 무대를 만들 수 있으리라는 자신.

"시작하자."

두두둥.

상준의 말이 끝나기가 무섭게 앰프에서 신나는 노래가 흘러나왔다. 광장을 지나다니는 사람들도 한 번쯤은 들었을 법한 익숙한 전주.

'기왕 할 거면 팝송으로 가는 게 좋겠지?'

'유명곡으로?'

'엉, 그게 주의 끌기는 가장 좋지 않을까.'

낯선 땅에서 탑보이즈의 노래를 열창한들 큰 관심을 끌 수 있으리라 기대하진 않았다. 여기는 대학로나 홍대 한복판이 아니니까.

그렇기에 탑보이즈가 선택했던 곡은 유명 팝송이었다. 빌보드 순위권을 찍고 전 세계에 댄스 열풍을 불러일으킨 펑크 팝.

'Downtown boy'였다.

"예에에."

도영은 자신 있게 소리를 내지르며 마이크를 잡았다. 아까까지 떨던 사람이라고는 믿기지 않을 정도로 자신감 넘치는 도영에, 유찬은 놀랍다는 듯 혀를 내둘렀다.

Why don't you understand me

도영의 시원시원한 고음을 시작으로 상준이 화음을 얹었다.

I've been trying to find you
in the city all the way

신나는 노래의 리듬과 함께 선우와 유찬이 앞으로 튀어 나갔다. 분위기를 띄우는 댄스곡인 만큼 순식간에 분위기가 달아오를 줄 알았지만.

"……."

광장에 있는 사람들은 그들을 힐끗 바라보며 지나갈 뿐이었다.

'와.'

상준은 데뷔 전으로 돌아간 듯한 느낌을 받았다. 이 넓은 세계 무대 위에서 갓 데뷔한 탑보이즈는 그저 한 연습생에 불과했다. 이들에겐 6개월간 힘겹게 쌓아온 인지도도 의미가 없기 때문이었다.

그렇기에 다시 데뷔 시절로 돌아간 심정으로.

탑보이즈는 온 힘을 다해 무대를 펼치고 있었다.

한 번만 봐달라는 간절함.

신인 같은 간절함을 온몸으로 느끼며 상준은 마이크를 붙들었다.

Why don't you believe me
I've been walking around town like that

음악에 무지한 사람도 한 번쯤을 돌아볼 듯한 청량한 고음.
「신이 내린 가창력」이 귀를 사로잡는 시원시원한 고음을 토해냈다.
강약 조절이 확실한 상준의 보컬.
아까만 해도 스쳐 지나가던 사람들이 천천히 다가왔다.

Downtown boy
Downtown boy

그다음은 이 노래의 하이라이트.
신나는 펑키 음이 울려 퍼지자 사람들의 시선이 탑보이즈 쪽으로 쏠리기 시작했다.
"······!"
'됐다.'
아무런 관심도 받지 못하고 그냥 마무리되면 어떡하나, 적잖이 걱정하고 있던 송준희 매니저는 속으로 환호성을 지르며 팔짱을 끼었다.

I live down there

I've been waiting for you

"워어어!"

처음에는 가만히 서 있던 관광객들도 함성을 내지르며 탑보이즈를 따라 어깨를 들썩였다. 도영은 한층 신난 얼굴로 화려한 춤사위를 선보였다.

"이야, 메인 댄서."

선우는 피식 웃음을 터뜨리며 준비해 둔 랩을 이어갔다.

한층 더 분위기가 달아오르고, 상준은 상기된 얼굴로 고개를 들었다.

이 사람들을 사로잡으리란 자신은 있었지만 걱정이 되었던 건 사실이다. 언어도 다르고 문화도 다르다.

하지만, 상준은 다시금 확신했다.

언어는 다르지만 음악으로 통할 수 있다는 사실을.

"허억… 헉."

온 힘을 쏟아부은 노래가 끝나자, 상준은 거친 숨을 몰아쉬며 눈앞의 관객들을 바라보았다. 저마다 다른 나라에서 온 듯한 관광객이지만 노래가 이어지는 4분 남짓의 시간 동안 하나가 된 듯한 기분이었다.

"앵콜! 앵콜! 앵콜!"

10명 남짓의 사람들이 외치는 소리가 마치 수많은 관중들에게 둘러싸인 것처럼 크게 느껴졌다.

언젠가는 그렇게 수많은 이들 앞에서 무대를 펼칠 수 있을 거라 생각하며, 상준은 마이크를 내려놓았다.

그 순간이었다.

"Excuse me."

익숙한 한 남자가 상준의 앞에 나타났다.

카메라를 한쪽으로 멘 채 그때와 비슷한 체크무늬 셔츠를 입고선.

"…어?"

'고 투 헬.'

상준이 당당하게 지옥으로 보낼 뻔했던.

그때 그 외국인이었다.

*   *   *

"…이해하고 있는 거지?"

상준은 대답대신 고개를 끄덕였다.

상준은 두 눈을 반짝이는 동안 고 투 헬 청년은 쉬지 않고 말을 쏟아냈다.

「언어의 마술사」.

상준의 재능 덕에 남자의 말을 이해하는 건 쉬웠지만……

"오호. 예스."

문제는 반응하는 거였다.

쉴 새 없는 남자의 말을 들으며 상준은 적당한 제스처만 취하고 있었다.

"예압."

그의 이름은 윌리엄 로버츠.

음악 평론 일을 하며 취미로 버스킹 공연을 관람한다던 그는 잔뜩 상기된 얼굴로 탑보이즈의 무대를 칭찬하고 있었다.

두 귀를 사로잡을 정도로 능숙하고 청량한 무대였다.

퍼포먼스도 화려해서 감격할 정도였다.

영어로 술술 쏟아내는 그의 말에 상준은 어색한 미소를 지어 보였다.

칭찬을 받으니 좋긴 한데 반응을 제대로 못하니 머쓱해서였다.

그렇게 몇 분을 들었을까.

"뭐야?"

"그래서 뭐라서?"

"아."

그가 줄줄이 꺼내놓은 사정의 결론은 이랬다.

"촬영한 영상을 올려도 되냐고 물으시는데?"

상준의 눈길이 송준희 매니저로 향했다. 송준희 매니저는 대답대신 고개를 끄덕였다.

흔쾌히 승낙했던 남자의 제안.

이 제안이 어떤 결과를 가져올지, 탑보이즈는 모르고 있었다.

* * *

스페인에서 돌아와 일주일의 휴식 기간을 취한 탑보이즈. 그 와중에도 선우는 영화 촬영 탓에 몇 번 불려 나가긴 했으나, 나머지 멤버들은 오랜 휴식 끝에 회의를 위해 모이니 죽을 맛이었다.

　"으어……."

　"듣고 있니, 얘들아?"

　툭툭.

　보다 못한 조승현 실장이 테이블을 손끝으로 살짝 쳤다. 졸고 있던 도영은 흠칫하며 고개를 들어 올렸다.

　"시차 적응이 아직도 안 되나?"

　"도영이 어제 게임했어요!"

　"…야."

　그새 도영의 비밀을 남김없이 털어놓는 유찬이다. 시차 적응이 덜 되었나 싶어 걱정하고 있던 조승현 실장은 혀를 차며 본론으로 들어갔다.

　"너네 오늘 왜 모인지는 알지?"

　"알죠!"

　"당연히 알죠. 크으, 제가 얼마나 설레서 어제 잠을 못 잤는데요."

　"게임했잖아."

　"뭔 소리야."

　줄곧 졸고 있던 도영도 두 눈을 반짝이게 만든 오늘의 주제.

　바로 컴백이었다.

　'드디어.'

유독 공백기가 길다는 느낌마저 들었다.

9월 이후로 거의 6개월 만에 돌아온 컴백 일정. 중간 중간 예능에도 자주 얼굴을 비춘 데다 오랜 공백기라 볼 수는 없지만, 대중들에게 이미지를 각인시켜야 하는 신인의 입장으로서는 자주 컴백을 하는 것이 최선이었다.

"일자는 잡혔어요?"

"4월 초쯤 들어가게 될 거야."

"와."

선우는 탄성을 터뜨리며 두 손을 모았다. 조승현 실장은 서류철을 테이블 위에 올려놓고선 말을 이었다.

이번 컴백 앨범에서는 특별히 팬들에게 의미 있는 곡을 담아볼 생각이었다. '마이픽'에 출연했을 당시에 팬들에게 많은 응원을 받았던 '밤바다.'

이 노래를 탑보이즈 멤버 다섯에 맞게 편곡해서 정식 수록곡으로 발매할 계획이었다.

"밤바다가 하도 인기가 많아서 리메이크로 내볼까 하거든, 정식 음원을. 어때?"

"완전 찬성이죠."

"밤바다 노래 최고죠."

상준의 첫 자작곡이니만큼 '밤바다'에 대한 애정은 클 수밖에 없었다. 타이틀곡에 대한 얘기는 잠시 미뤄두고 회의실의 주제는 '밤바다'의 편곡 방향으로 흘렀다.

"여러 개 컨셉이 나왔는데."

"네엡."

"우선 첫 번째."

"두구두구두구……."

조승현 실장은 손뼉을 치며 고개를 까닥였다.

"섹시."

제법 진지하게 뱉은 의견이건만, 다섯의 표정이 동시에 싸늘하게 굳어버렸다.

"네? 섹시요?"

"기각."

"완전 별로예요."

기존의 탑보이즈가 추구하던 방향과는 완전 다르다며, 유찬은 인상까지 찌푸리며 열변을 토해냈다.

"대체 누가 그런 또라이 같은 컨셉을."

그렇게 모두가 조승현 실장의 제안을 칼같이 거절하던 순간, 머쓱하게 앉아 있던 2팀장 준석이 작게 말을 던졌다.

"…그거 대표님이."

"아."

회의장 내로 무거운 분위기가 맴돌았다. 가장 앞장서서 기각을 외쳤던 유찬은 헛기침과 함께 말을 수습했다.

"세상에 너무 혁신적이라서 감탄했네. 그치?"

"어엉."

"너무 좋은데요, 그거."

"새로운 컨셉에 도전해 보는 것도 좋을 거 같아요. 변화에 적응하는 차세대 아이돌, 뭐 이런 거 아니겠어요?"

유찬이 던진 말에 선우와 도영이 적극적으로 포장에 나섰다.

조승현 실장은 황당하다는 듯 너털웃음을 터뜨리며 말을 뱉었다.

"블랙빈의 'Stay' 알지? 그런 컨셉을 말씀하신 건데……."

"아?"

'Stay'는 파워풀하면서도 묘한 매력을 자아내는 노래였다. 블랙빈의 히트곡이자 팬들이 애정하는 곡 1위로 꼽히는 명곡이기도 했다.

조승현 실장이 말하고자 했던 의도가 탑보이즈의 상상과 많이 달랐음을 깨달은 도영은 투덜댔다.

"아니, 그럼 처음부터 그렇게 말씀하셨어야죠!"

"그 전에 싫다며."

"쿨럭."

도영은 조승현 실장의 시선을 피하며 고개를 떨구었다.

"됐다, 됐어."

결국 '밤바다'의 편곡 방향은 차차 정하기로 하고.

대화의 주제는 다시 미니앨범으로 돌아갔다.

타이틀곡 하나와 두 개의 수록곡, '밤바다' 편곡 버전까지.

총 4개의 곡으로 구성될 미니앨범이다.

우진도 이번 작곡에 본격적으로 참여할 생각이라고 했다.

JS 엔터의 정식 프로듀서가 된 우진. 그렇지 않아도 요즘 작곡에만 몰두하고 있는 우진이었다. 조승현 실장은 담담한 목소리로 말을 뱉었다.

"우진이가 몇 개 괜찮은 거 봐놨더라고."

"오, 우진이가 곡 진짜 잘 쓰더라고요."

흐뭇한 미소를 짓던 조승현 실장의 시선이 상준을 향했다.

곡 하나는 우진이, 나머지 하나는 데뷔앨범 당시에도 도움을 줬던 정용찬 작곡가가 주기로 했다.

남은 건 한 곡.

그중 어떤 것이 타이틀곡이 될지는 모르지만.

그 곡을 맡길 사람이라면 정해져 있었다.

"혹시 준비해 둔 거 있어?"

조승현 실장이 의미심장한 눈길로 물어왔다. 상준은 턱을 쓸며 천천히 고개를 들었다.

오랜만의 컴백을 위해 준비해 둔 곡이라면…….

있다.

"물론이죠."

상준은 미소를 지으며 고개를 끄덕였다.

제2장

컴백 준비

두 번째 회의는 일주일이 지나서 열렸다.

조승현 실장은 상기된 얼굴로 USB 파일을 꺼내놓았다. 그사이, 정용찬 작곡가와 우진, 마지막으로 상준의 곡까지 대강 완성된 상태였다.

미리 곡을 들어본 조승현 실장은 확신에 차 있었다. 하나같이 다 알찬 구성으로 되어 있는 곡들이라고. 그렇기에 조승현 실장이 내린 결정은 과감했다.

"니들이 듣고서 괜찮은 곡들이라면 전부 후속곡으로 활동할 거야."

"세 곡이어도요?"

"그래."

"와."

"어떻게 뽑혔는데요?"

두 눈을 반짝이며 궁금해하는 멤버들을 돌아보며 조 실장은 USB를 노트북에 꽂았다.

"이게 첫 번째 곡인데."

조승현 실장은 망설임없이 상단의 곡을 마우스로 클릭했다.

"오오."

"대박대박."

"…아직 시작도 안 했는데."

오랜만의 컴백 앨범이다. 다들 떨리는 목소리로 호들갑을 떨고 있었다. 그 순간, 첫 번째 곡이 잔잔한 멜로디와 함께 시작했다.

"발라드인가?"

"와……. 이거 괜찮은데?"

첫 마디부터 묘한 전율이 온몸을 감싼다.

프로의 향기가 온전히 느껴지는 곡의 퀄리티에 상준은 두 눈을 번쩍 떴다. 탑보이즈 데뷔앨범에서 느꼈던 익숙한 향수.

"이거 정용찬 작곡가님 아니에요?"

"어?"

"맞네. 느낌 비슷하네."

「그 위에서」랑 비슷한 느낌. 차분하면서도 귓가에 맴도는 멜로디가 인상적인 노래였다.

발라드에서 가장 중요한 것이 시원시원하면서도 익숙한 후렴구라면, 이 노래는 발라드의 법칙을 충실히 따른 편이었다.

"어떻게 알았어?"

조승현 실장은 놀란 눈으로 고개를 끄덕였다.

"딱 감이 오잖아요."

눈치 빠른 유찬이 능청스럽게 조 실장의 말을 받아쳤다. 확실히 정용찬 작곡가의 안정적인 스타일이 고스란히 담겨 있는 곡이었다.

이런 스타일을 타이틀곡으로 쓰지는 않겠지만, 절절한 감성을 잘 녹여낸 곡이라 수록곡 활동으로도 딱이었다.

조승현 실장은 미소를 지으며 다음 곡을 클릭했다.

"그리고 다음."

「어릿광대의 죽음」.

조승현 실장이 두 번째 곡을 클릭하자 호들갑을 떨던 도영은 그대로 얼어붙었다.

"와."

첫 번째 곡과는 완전히 다른 스타일이다. 몽환적인 분위기에 서정적인 가사까지. 조승현 실장은 만족스러운 얼굴로 고개를 까닥였다.

"이미 보컬 가이드라인까지 받아 왔더라고."

"좋네요."

상준은 미소를 지으며 확신에 찬 말을 뱉었다. 정용찬 작곡가의 노래와는 색다른 매력을 지니고 있는 곡. 정용찬 작곡가의 노래가 탄탄한 커리어를 바탕으로 만들어진 곡이라면, 이 노래는 색다른 느낌이었다.

묘하게 끌리는 느낌. 도영 역시 같은 생각을 했는지 나직이 말했다.

"되게 몽환적인데 슬프다."

"발라드가 아닌데 슬프네."

빠른 템포로 대중성을 잡으면서도 서정적인 가사가 감성을 불러일으키게 만드는 곡이었다. 유찬은 팔짱을 낀 채 말을 뱉었다.

"우진이가 작곡한 거죠?"

"무슨 블라인드 테스트냐. 다들 왜 이렇게 잘 맞히고 그래."

조승현 실장은 어이 없다는 듯 웃음을 터뜨리며 수긍했다.

우진의 스타일이다. 그가 만들어내는 노래 하나하나에 의미를 부여하는 것. 상준이 생각한 이 노래의 스토리는 묘한 슬픔이었다.

분명 멜로디가 슬프진 않는데 가사에서 알 수 없는 한이 느껴진다. 선우는 두 눈을 지그시 감은 채 음악을 감상했다.

"이것도 활동하나요?"

"어때?"

선우는 망설임없이 조승현 실장의 말에 답했다.

"그냥 다 활동해 버리죠."

"크으. 솔직히 타이틀곡으로 들어가도 될 거 같은데요."

발라드곡으로 타이틀을 넣기엔 시기상 애매했지만 이 노래라면 충분했다. 유찬 역시 고개를 끄덕이며 도영의 말에 동감했다.

"그래?"

조승현 실장은 어깨를 으쓱이며 다음 곡을 클릭했다. 전주가 나오기 무섭게 도영이 두 팔을 팔딱거리며 말을 쏟아냈다.

"이게 상준이 형이 작곡한 건가?"

"오, 맞네."

"허억. 뭐야 대체 언제 곡을 만들고 있었대."

선우는 물을 홀짝거리며 도영 못지않게 긴장한 기색으로 호들갑을 떨었다.

하지만, 그것도 잠시. 회의실은 숨소리마저 들릴 정도로 고요해졌다.

"……."

회의실을 따라 울려 퍼지는 상준의 노래.

'모닝콜'의 향수를 떠올리게 만들 정도로 맑고 활기찬 노래였다. 통통 튀는 느낌은 조금 줄이면서도 달달함을 최대한으로 살린 곡.

'봄이다.'

들으면 벚꽃이 연상되는 완벽한 봄노래. 유찬은 속으로 감탄을 터뜨리며 천천히 눈을 감았다. 이미 눈을 감은 순간, 유찬은 가로수 길 한가운데에 서 있었다. 연분홍의 꽃잎이 바닥을 사르르 덮은 가로수 길. 그 한복판에서 들려올 법한 간질간질한 멜로디였다.

그렇게 얼마 동안의 정적이 흘렀을까.

"실장님."

"어?"

선우는 조심스레 입을 뗐다. 눈을 감고 있던 유찬 역시 눈꺼풀을 들어 올리며 선우를 힐끗 돌아보았다.

말을 딱히 하지 않았지만, 둘은 비슷한 생각을 하고 있음을 직감했다.

"이거죠?"

선우는 두 눈을 반짝이며 피식 웃었다.

"실장님이 생각하신 타이틀곡."

＊　　　＊　　　＊

상준이 작곡했던 노래이자 이번 앨범의 타이틀곡으로 결정된 「ASK」. 제현은 헤드셋을 낀 채 근사하게 뽑힌 타이틀곡을 감상했다.

"좋다."

눈이 부시게 설레는 이곳
색색이 물든 탑을 올라

"역시 이 파트가 최고인 거 같아."

"네 파트지?"

"엉."

듣지 않아도 알 수 있다. 유찬은 피식 웃음을 터뜨리며 못 말린다는 표정을 보였다. 「ASK」는 사실 객관적으로 꽤나 잘 뽑힌 노래였다.

봄 분위기에 딱 맞는 노래 스타일에 듣기만 하면 기분이 좋아지는 멜로디까지.

하지만, 그 가사에는 사뭇 반전이 담겨 있었다.

"자, 다들 이쪽으로!"

"네, 갈게요."

그 반전을 담아내기 위한 오늘의 스케줄은 바로 뮤비 촬영이었다.

얼마 만일까. 상준은 설레는 표정으로 카메라 앞에 섰다. 노래가 결정된 후 컨셉 설정부터 뮤비 스토리를 짜기까지 JS 엔터 직원들의 노력이 상당했다.

그렇게 만들어진 세계관을 들었을 땐 감탄할 수밖에 없었다.

'팬분들도 좋아하시겠는데요?'

'모닝콜'부터 'EIFFEL', '그 위에서'까지 조금씩 펼쳐두었던 뮤비의 조각들을 조금씩 맞춰가는 것이 바로 이 「ASK」 뮤직비디오였다.

"여기 중앙에 서세요."

탑 위를 형상화하는 새하얀 세트장. 엉거주춤한 자세로 몰려든 멤버들은 송준희 매니저를 멍하니 바라보고 있었다. 송준희 매니저는 차분히 뮤직비디오의 컨셉 설명을 시작했다.

대강의 컨셉과 스토리는 이미 익히고 온 멤버들이다. 그러나, 이 상황 속에서도 상준의 두 눈은 반짝였다.

"모닝콜이랑 이어지는 장면으로 들어갈 거야."

"네."

"다들 준비됐어?"

송준희 매니저의 설명에 고개를 끄덕이던 제현은 해맑게 물감을 들었다. 모닝콜 당시 자신들을 상징하는 색깔의 방에서 촬영을 진행했던 탑보이즈. 이번에도 크게 다를 건 없었다.

다만.

지금 상준의 손에는 주황색 리코더 대신 주황색 물감이 들려 있었다. 상준은 싱긋 웃으며 도영을 돌아보았다.

"오. 이거 짜서 도영이한테 묻히면 되는 건가."

"네?"

"요즘은 황토 팩 대신 물감 팩을 쓴다더라, 도영아."

"허위사실유포 하지 마세요."

칼같이 거절하는 도영을 보며 아쉽다는 듯 혀를 차는 상준. 하지만, 상준의 바람은 다른 방향으로 이어졌다. JS 측 스태프 한 명이 앞으로 튀어나와 상세한 컨셉을 전달했기 때문이었다.

"여기 물감 통에다가 덜어낸 다음 자유롭게 여기저기 뿌리시면 돼요."

"아."

여기저기 뿌리면 된다고 했을 뿐인데, 어째 다섯 명의 눈이 동시에 반짝인다. 상준은 은근슬쩍 눈치를 보며 선우에게 속삭였다.

"알지? 한 팀이다."

"알지. 동갑의 의리가 있는데."

"…너, 나랑 동갑 아니잖아."

은근슬쩍 또 한 살을 추가하려는 선우를 보며 상준은 오묘한 표정이 되었다. 하지만, 그것도 잠시.

탁.

슬레이트 소리가 들리자마자 멤버들은 물감 통으로 달려들었다.

"여기다 부어!"

"부어! 빨리빨리!"

눈이 부시게 화려한 이곳
수많은 색을 물들여

서로 다른 색의 물감을 물감 통에 부으며 즐거워하는 탑보이즈. 주걱을 하나 들고 온 도영이 호기심에 가득 찬 눈빛으로 물감 통을 휘젓기 시작했다.

'연기 잘하네.'

이 색이 바로 설렘일까
So many colors
나는 이 색의 홍수에 빠져 버렸어

물감들을 한데 모아 섞으면 새하얀 빛이 나올 거라 기대했던 멤버들의 얼굴이 점차 굳어진다.

"찍어. 이쪽 각도로 잘 나오게."

카메라 감독은 굳어지는 멤버들의 얼굴을 빠르게 담아냈다. 즐거워하던 표정에서 순식간에 바뀌어가는 멤버들을 보면서 송준희 매니저는 작게 감탄했다.

"어후, 에펠 때보다 훨씬 나아졌는데요?"

"확실히 연기가."

드라마 경험을 쌓은 상준과 영화 단역 출연을 하고 있는 선우. 확실히 연기 경험이 쌓여갈수록 뮤직비디오에서도 두각을 드러내고 있었다.

'혼란스러운 연기.'

검은색이 되어버린 통을 내려다보며 상준은 인상을 찌푸렸다.

「연기 천재의 명연」.

망연자실한 듯한 상준의 얼굴 표정이 미묘하게 바뀌어가고 있었다. 사진으로 잘라놓아도 느껴질 듯한 찰나의 심경 변화. 그 순간순간이 포착되던 타이밍에 우렁찬 목소리가 울려 퍼졌다.

"컷!"

이틀 동안 뮤직비디오 촬영을 끝내기 위해서는 다소 무리해야 했다. 컷 소리가 나기 무섭게 다음 촬영이 이어졌다.

"이제는 진짜 뿌리시면 돼요."

아까부터 줄곧 기다리고 있던 씬.

"자, 시작합니다!"

탁.

슬레이트 소리와 함께 탑보이즈는 단체로 분주해졌다.

"끄아아아."

"다들 이쪽으로 모여!"

음성이 제거된 상태로 뮤직비디오에 들어갈 테니 큰 상관은 없겠지만. 훗날 「ASK」 뮤직비디오를 보게 될 온탑들은 상상도 못 할 것이다.

화면 너머로 이런 말들이 오고 가고 있을 줄은.

"이제현 잡아아아아!"

"다 튀어!"

"으악, 제현이 폭주한다!"

"저리 가! 이 썩을 놈들아!"

"도영이는 왜 또 화난 건데."

촬영장을 난장판으로 해놓으며 저들만의 레이스를 펼치고 있는 탑보이즈. 이미 새하얀 탑은 가사대로 물든 지 오래였다.

빨갛고 파랗고 노란 색색깔의 물감들.

물감들은 마치 분수처럼 하늘 위로 쏘아 올려졌다.

"상준이 형! 상준이 형!"

"쫓아오지 마, 무서워!"

제현은 노란색 물감을 사방에 뿌려대며 상준에게 달려왔다. 상준은 제현이 맡은 색이 빨간색이 아님에 감사했다. 그랬으면 정말 공포영화의 한 장면이었을 테니까.

"꾸엑."

"살려줘어어!"

"언제 컷 하는 거야!"

멤버들이 숨을 헐떡이며 뛰는 와중에도 전문가들의 요청은 계속 들어왔다. 더욱더 활기차고 생동감 넘치는 장면을 만들어 내기 위한 자연스러운 촬영.

"자, 다들 웃어주세요! 크게 웃어주시면 돼요!"

"하하! 하하하!"

"하하하하……."

상준은 너털웃음을 터뜨리는 와중에도 제현을 피해 구석에 숨어 있었다. 유찬만이 정신 줄을 잡은 채 혼란스러운 상황을 파악하고 있었다.

"…다들 미친 거 같은데?"

뮤직비디오가 뭐라고 이렇게 살아야 하는가.

"하하!"

"하하…꾸엑."

그렇게 서로가 고통받고 있던 순간.

"컷!"

다행히도 반가운 소리가 촬영장에 울려 퍼졌다.

그런데.

"…어?"

"이렇게 나왔다고?"

뮤직비디오를 모니터링하던 송준희 매니저의 입에서.

범상치 않은 말이 튀어나왔다.

*　　　*　　　*

'끄아아악!'

분명 난장판이 따로 없었다. 소리를 질러대며 여기저기 뛰어
다니는 멤버들. 정신없는 실제 분위기에 뮤직비디오도 당연히
그렇게 나올 거라 생각했는데.

"와."

송준희 매니저는 전문가의 힘에 다시금 감탄했다.

불꽃을 쏘아 올리듯 허공을 향하는 색색깔의 물감들. 그리고
한 명씩 천천히 클로즈업되는 카메라의 구도까지. 표정이 생생히
살아나면서 한 편의 뮤직비디오가 만들어지고 있었다.

"헐. 진짜 누구세요."

도영은 괜히 화면 속의 유찬을 가리키며 말을 던지다 싸늘한

유찬의 눈길을 받았다. 물감이 사방으로 튀면서 옷이 난리가 나긴 했지만 카메라는 그 색감마저도 조화롭게 살려냈다.

"자, 다음 장면 갈까?"

"네엡!"

찍는 족족 완벽한 그림이 나오니 찍는 맛이 난다. 카메라 감독은 분주하게 움직이며 탑보이즈의 동선을 체크했다. 이다음으로 들어가는 촬영은 유찬의 단독 씬이었다.

모닝콜과도 직접 이어지는 뮤직비디오. 유찬은 휴대전화를 움켜쥔 채 감정을 잡았다.

"처음에는 웃다가 갑자기 심각해지는 표정으로. 알겠죠?"

"넵."

"표정 관리 확실히 하고, 한 번에 들어갑시다."

스태프들이 일사불란하게 지시 사항을 전달했지만, 그걸 연기로 해내는 건 결코 쉬운 일이 아니었다. 유찬은 침을 삼키며 천천히 연기에 몰입했다.

특히 반짝이며 자신을 바라보고 있는 저 멤버들과 함께라면 더욱 그랬다.

"오오, 연기한다."

"도영이보다는 확실히 잘하네."

"뭘 해도 도영이보다는……."

사소하게 눈을 깜빡이는 행동조차도 전부 포착되는 기분. 유찬은 떨떠름한 표정을 지으며 송준희 매니저에게 나직이 말했다.

"쟤네 좀 어디로 보내면 안 돼요?"

단독 샷이 들어가기 무섭게 두 손을 모으고 있는 제현. 유찬은 간신히 감정을 잡으려 노력하며 부담스러운 제현의 시선을 피했다.

"컷. 다시!"

하지만, 쉽사리 되진 않는다.

"다시!"

유찬의 반복되는 실수가 이어지자 상준은 당황한 얼굴로 두 눈을 끔뻑였다. 잠시 집중력이 흐트러졌기 때문이었지만 상준은 전혀 다른 방향으로 생각을 돌렸다.

'뭐지, 그 연기력이 다 어디로 갔지?'

어린 시절 아역 경험이 있었던 유찬이다. '마이픽' 촬영 당시 마이캠에서 폭풍 눈물을 선보였던 유찬을 떠올리니 지금 상황은 확실히 뭔가 잘못됐다.

'혹시 긴장했나?'

"유찬이 형 사진 좀 찍어봐."

"일하는 프로페셔널 유찬. 크으, 팬 카페에 올릴까?"

옆에서 도영과 제현이 호들갑을 떨고 있는 건 생각도 못 하고. 깊은 착각에 빠진 상준은 유찬을 도와주기로 마음먹었다.

"엄유찬, 이리 와봐."

"왜?"

잠시 쉬는 타임을 틈타 유찬에게로 곧장 향한 상준. 그와 동시에 멀찍이 서 있던 스태프가 다급히 유찬을 불렀다.

"유찬 씨, 잠깐 이쪽으로."

자꾸만 실수하는 유찬을 위해 잠시 감정선을 설명해 주려던 스태프였지만, 이번엔 상준이 더 빨랐다.

'일단 급하니까.'

타이밍을 놓치면 재능을 주기도 어렵다. 상준은 다급히 유찬의 머리칼을 잡았다.

"아아악!"

"아."

이게 아닌데.

졸지에 유찬의 머리끄덩이를 잡아버린 상준은 놀란 얼굴로 한 걸음 뒤로 물러섰다.

"아악, 당기면 어떡해!"

"아, 미안."

그사이 완벽하게 전달된 재능.

「연기 천재의 명연」과 「위대한 교육자」를 조합한 재능이 유찬에게 발현되어 있었다. 상준은 저도 모르게 뿌듯한 표정으로 말을 뱉었다.

"어, 일단 됐다."

"뭐가, 뭐가 된 건데!"

"어어, 미안. 실수로 잡았어."

"……."

상준이었기에 망정이지 상대가 도영이었다면 지금쯤 촬영장을 한바탕 뒤집어놓았을 터였다.

유찬은 황당한 기색으로 머리를 문지르며 멍하니 서 있었다. 정작 난리가 난 건 스타일리스트였다.

"아니, 머리카락 간신히 정돈해 놨는데! 아니, 얘들아. 싸워도 머리채는 잡고 싸우면 안 된다니까!"

"안 싸웠……."

"내가 못 살아, 진짜."

다급히 유찬의 머리카락을 정돈하는 헤어디자이너. 한바탕 소란이 벌어지긴 했지만 무난히 정리된 후 다시 유찬의 촬영이 이어졌다.

'좀 나아졌으려나?'

상준은 다시 감정을 잡기 시작한 유찬을 물끄러미 바라보았다. 그리고.

"뭐지, 이 연기는?"

"얘는 왜 뮤직비디오를 찍으랬더니 드라마를 찍고 있어?"

"우리 유찬이가 사실 연기 천재였나 봐요."

"아역배우 출신이라서 그런가?"

재능의 힘은 생각보다 훨씬 위대했다.

"…망했네."

＊　　　＊　　　＊

"그날은 뭐랄까, 삘이 와서 그랬어."

"그래, 그런 날이 있지. 근데 너는 원래 연기 잘하긴 했어."

"크으, 감사."

유찬은 선우의 칭찬에 감사를 표하며 씨익 웃었다.

갑자기 상승해 버린 유찬의 미친 연기력에 촬영장이 잠시 뒤집히긴 했지만 다행히 해프닝으로 그쳤다.

그 후 연기에 그다지 노력을 쏟아붓진 않았기에 유찬은 원래

의 평범한 유찬으로 돌아왔다. 유찬은 상기된 얼굴로 말을 이어
갔다.

"우리 뮤비는 언제쯤 나오려나."

촬영 장면을 모니터링하는 것만으로 직감할 수 있었다. 이번
뮤비는 정말 대박이라고.

완벽한 색감과 스토리. 어서 뮤직비디오가 나왔으면 좋겠다고
떠들어대던 유찬이 머리칼을 손으로 만지작거렸다.

이번 앨범 활동을 위해 파란머리로 돌아온 유찬이다.

아직 유이앱이나 공식 활동을 하지 않았기에 팬들은 까맣게 모
르고 있는 사실. 유찬은 들뜬 표정으로 허세 담긴 말을 뱉었다.

"크으. 빨리 뮤직비디오를 보여 드려야 이 청량한 머리를……."

"……."

도영은 단호하게 고개를 저으며 한 걸음 옆으로 물러섰다. 유
찬은 황당하다는 듯 그런 도영에게 말을 던졌다.

"그래도 원래보단 훨 낫지 않냐?"

"그치. 뭘 해도 짜파게티보단……."

"아니, 그렇게 부르지 말라고."

유찬은 투덜대며 거울을 슬쩍 확인했다. 지난번보다 코발트색
에 가까운 푸르른 머리색. 사실 이번 활동을 위해 머리색을 바
꾼 건 유찬만이 아니었다.

"솔직히 청량은 나지."

도영은 뻔뻔한 얼굴로 말을 뱉었다. 백금발색으로 헤어스타일
을 바꾼 도영이다. 탑보이즈의 화려한 머리색을 담당하는 둘을
힐끗 보던 제현이 나직이 말을 뱉었다.

"무지개 같네."

"제현아, 네가 봐도 괜찮지?"

제현의 말을 칭찬으로 받아들인 도영이 두 눈을 반짝이며 물었다. 그러나, 제현의 대답은 영 냉정했다.

"파워에이드랑 레모네이드."

"…먹는 걸로만 비유하지 말라고."

망할.

짜파게티를 벗어나 파워에이드가 된 유찬이 나직이 말을 뱉었다.

그렇게 바뀐 헤어스타일로 청량함을 논하던 순간, 멤버들 사이로 송준희 매니저가 끼어들었다.

"얘들아!"

"네?"

"매니저님!"

다급히 달려온 모양인지 숨을 헐떡이는 송준희 매니저. 상준은 놀란 눈으로 송준희 매니저에게 물었다.

"무슨 일 있어요?"

"아니, 그건 아니고."

송준희 매니저는 씨익 웃으며 거친 숨을 몰아쉬었다. 컴백을 앞두고 모처럼 만에 들어온 좋은 소식이다.

"너네 이온음료 광고 있잖아."

"아."

스페인에서 힘겹게 찍었던 이온음료 광고. 한국에 돌아온 지 얼마 되지 않아 서서히 TV 광고에 걸리기 시작했더랬다. 그걸 보는 것만으로도 잔뜩 신나서 뛰어다닌 게 엊그제인데…….

"그거 대박 났더라."

"진짜요?"

"어떻게 됐는데요?"

'아, 이번에 광고가 너무 잘 뽑혀서 판매율이 대폭 올랐거든요.'

송준희 매니저는 오전에 전화받은 내용을 상기하며 기분 좋은 미소를 지었다. 광고에 있어서 광고모델의 효과는 결코 무시할 수 없는 수준. 탑보이즈의 네임으로 이루어낸 성과에 멤버들은 들뜬 기색이었다.

하지만, 진짜 본론은 따로 있었다.

송준희 매니저는 뿌듯한 미소와 함께 말을 전했다.

"그래서 너네 미니 팬 미팅을 진행한다던데."

"팬 미팅이요?"

"와."

"미쳤다."

3프로 사에서 들어온 제안은 미니 팬 미팅이었다. 이 기회에 광고효과도 높이고 탑보이즈 팬들도 끌어모으겠다는 계획. 광고사들이 아이돌을 광고에 끼워 넣는 이유는 이와 같았다.

사소한 굿즈가 나오거나 광고모델로만 서도 팬들이 소비해 주는 마케팅전략. 그런 마케팅전략 덕분에 3프로 사의 이번 달 매출이 배로 뛰었다.

"간단히 행사도 한다고 했으니까. 컴백 이후로 잡힐 거야, 아마."

송준희 매니저는 물 한 병씩 건네주며 말을 이었다. 컴백 기간이 얼마 남지 않은 만큼 스케줄이 쏟아질 지경이다.

그런 의미에서.

"자, 탑보이즈 들어오세요!"

오늘은 예약이 들어온 신발 화보를 찍는 날이었다.

* * *

'신발 벗고 가야지.'

비행기에서 서로를 골탕 먹이려다 벌어진 탑보이즈 신발 사건. 뜻밖의 사건이 신발 광고를 물어 온 덕에 송준희 매니저는 잔뜩 신나 있었다.

"잘 어울리네."

상준은 옅은 하늘색의 신발을 신고선 고개를 까닥였다. 광고 화보를 진행하는 것이 처음은 아니지만 이렇게 유명 브랜드에 단독 모델로 탑보이즈가 선정된 것은 거의 처음이었다.

3프로 광고 이후로 크나큰 수확이다.

"자, 이쪽 볼게요!"

"네!"

상준은 능숙하게 자세를 잡고 다리를 하얀 상자 위로 올렸다. 「무대의 포커페이스」 덕에 자신감 넘치는 상준의 표정. 사진 기사는 감탄을 터뜨리며 상준의 미세한 표정 변화를 포착했다.

"한 번에 착착 끝나는데?"

드라마에서뿐만 아니라 화보 촬영에서도 두각을 나타내는 재능. 그 재능 덕에 촬영은 일사천리로 진행됐다. 그런 상준을 유심히 지켜보던 도영이 다음 차례로 들어갔다.

"후아, 후아."

"상준이는 저쪽으로 가서 인터뷰지 적고 있어."

"아, 네."

도영이 거친 숨을 몰아쉬며 촬영장으로 들어서는 사이, 개인 컷 화보 촬영을 끝낸 상준이 돌아왔다.

"이걸 적으면 되는 건가?"

새하얀 테이블 위에 놓인 간단한 인터뷰 조사지.

잡지에 함께 실릴 대답들이니 신중히 작성해야 한다. 상준은 볼펜을 꺼내 들고선 거기에 있는 질문들을 천천히 훑어 내려갔다.

—화보 촬영은 어땠나요?

—가장 패션 감각이 뛰어난 멤버는?

—좋아하는 색상과 스타일은?

패션 화보라서 그런지 대부분 패션에 관련된 무난한 질문들이 섞여 있었다. 원래 패션에는 일가견이 없는 상준이지만 알고 있는 선에서 차분히 답을 적어 내려갔다.

그렇게 서너 개의 질문들을 끝내가던 순간.

어느새 돌아온 도영이 시끄럽게 말을 걸어왔다.

"예아. 내가 또 기가 막히게 끝내고 왔다. 무대를 거의 뭐 찢

었……! 이거 쓰는 거야?"

"여기 앉아봐."

상준의 말에 고개를 끄덕이며 조사지를 확인한 도영은 정신없이 말을 이었다.

"가장 패션 감각이 뛰어난 멤버는? 이건 뭐 볼 것도 없이……."

"너라고?"

"당연하지. 형은 누구 썼는데? 양심적으로 나 쓰자."

"뭐래."

조금 천천히 써보려 했더니 쉴 새 없이 말을 걸어오는 도영부터.

"형, 형!"

"쟤는 왜 그래?"

"우리 신발 몇 번 갈아 신으면 되는데?"

멀리 있어서 잘 안 들리는지 계속 같은 질문을 물어오는 제현까지.

"아오, 정신없어."

상준은 투덜거리며 마지막 문항을 확인했다.

키와 몸무게를 적는 공란.

화보와 함께 기본 설명에 들어가는 모양인데, 상준은 별생각 없이 마저 볼펜을 들었다.

"신발 몇 번이라고?"

"키는……."

슥슥.

고민 없이 인적 사항을 적으려던 찰나.

제현이 다시금 물어왔다.

"형, 나 몇 번!"

"세 번이라고! 세 번! 삼! 삼이라고!"

상준은 답답하다는 듯 크게 외치며 빠르게 종이를 덮었다.

"내가 못살아."

아까부터 헤매는 제현을 도와주기 위해 다급히 끄적인 인적 사항.

한숨을 내쉬며 일어나는 상준의 뒤로 종이가 살짝 펄럭였다.

키: 182㎝ 몸무게: 3㎏

그렇게 상준은 깃털이 되었다.

*   *   *

유감스럽게도 상준의 인터뷰는 그대로 화보 잡지에 실리고야 말았다.

검수 과정에서 상준의 실수가 확인돼 잡지사 측에서 연락이 오긴 했다.

하지만 공교롭게도 실제 본인이 그렇게 적었다는 점과 평소 다소 엉뚱한 상준의 캐릭터가 맞물리면서 조승현 실장은 그대로 내도 좋겠다는 판단을 내렸다.

그리하여 수정 없이 올라가고야만 상준의 몸무게.

당연히 팬들 사이에서는 한바탕 난리가 났다.

—역시 우리 상준이는 천사였어……. 3킬로라니 개쩌러

ㄴ근데 저거 누가 쓴 거야?

ㄴ화보사에서 저렇게 썼나?

ㄴ십의 자리 숫자 빠진 거 아님?

ㄴ눈치 챙겨

ㄴ아무튼 한 자리라잖아. 좀 믿어!

―본인이 쓴 대로 올린 거라고 기사 났는데???

ㄴㄹㅇ임?

ㄴㅋㅋㅋㅋㅋㅋㅋㅋㅋ

ㄴ아니 코미디냐고

ㄴ실수로 저렇게 썼나… ㅋㅋㅋㅋ

ㄴ깃털이세요?

ㄴ3킬로면 딱 신생아 몸무게다. 갓 태어난 상준이 jpg

ㄴ너어는… 진짜 나빠따

―다들 그렇게 놀리고 싶었냐!

ㄴ네 놀리는 매일매일이 새롭고 재밌어요

ㄴ유이앱 오늘 한다던데 놀리러 가실 온탑 구함 1/100,000

ㄴ이런 거에 또 내가 빠질 수 없지

ㄴ꺄아아아 가자아아

ㄴ다들 사악한 거 봐;;

ㄴ온탑들 놀리는 재미에 덕질 하는 게 분명함

상준을 놀리기 위해 혈안이 된 것은 온탑만이 아니었다.

"깃털이세요, 신생아세요?"

"…저리 가."

"방년 23세 나이에 본인이 3킬로라 주장하시는 분이 여기 있는데요. 한번 만나보겠습니다."

잔뜩 신이 나서 마이크를 들이미는 도영과 유찬. 상준은 울상이 된 얼굴로 깊은 한숨을 내쉬었다.

"아니, 온탑 여러분! 여러분은 어떻게 생각하세요?"

─천사요!!!

─신생아지 솔직히 베이비 페이스 ㅇㅈ?

─베이비… 라고 하기엔 너무 자이언트잖아 얘들아. 우리 팬이 되더라도 양심은 팔지 말자

─어덜트 페이스 ㅋㅋㅋㅋㅋㅋㅋㅋ

─여튼 깃털인 걸로

─조금 많이 무거운 깃털 ㅇㅇ

쉴 새 없이 쏟아지는 댓글들. 사방에서 공격해 오니 정신을 차리기가 어렵다. 상준은 반쯤 포기한 얼굴로 고개를 끄덕였다.

"사실 제가 천사라서요."

"역시 그런 출생의 비밀이……."

「무대의 포커페이스」.

이렇게 된 이상 뻔뻔하게 헛소리를 늘어놓기로 했다. 상준은 담담한 목소리로 거침없이 장황한 말을 이어갔다.

"제가 하늘에서 내려와 날개 제거 수술을 한 4주간 받았는데 아직 완전히 사라지진 않아서 추가 수술을……."

"상준이 형, 1절만 하자."

"방금 건 조금 노잼이었다."

망할.

지들이 놀려놓고 입부터 막는다.

상준은 유찬을 흘겨보며 다시금 한숨을 내쉬었다. 평상시라면 찰랑찰랑한 머리를 내놓고 있었을 유찬은 오늘 새하얀 모자를 깊게 눌러쓴 상태였다.

"으음. 자 그러면 본론으로 들어서서. 저희 컴백에 관한 얘기를 해볼게요!"

선우가 계속 멘트를 진행하는 사이에도 유찬과 도영은 모자를 꾹 눌러쓴 채 팬들의 눈치를 살피고 있었다.

─모자 벗어 얘들아!

─걍 벗어

─ㅋㅋㅋㅋㅋㅋ

바로 이번 컴백 앨범을 따로 스포 하지 말라는 조승현 실장의 지시가 있어서였다.

다만 문제는.

─도영아 노란색인 거 다 보여…….

─헐. 유찬이 파랑파랑 한 거 봐

─굳이 가리려고 애쓰지 않아도 된단다…….

모자 틈새로 이미 그대로 보이고 있었다는 점이었다.

"크흠. 모른 척하세요."

도영은 모자를 옆으로 살짝 돌리며 능청스레 말을 뱉었다. 그 순간, 빠르게 댓글을 훑던 도영의 동공이 빠르게 흔들렸다.

─기왕 머리색 스포 한 김에 타이틀곡 스포 좀
─제목 머야????
─인간적으로 제목은 알려줄 수 있잖아!
─어차피 타이틀 리스트 낼 나온대 그냥 알려줘
─ㄱㄱㄱㄱㄱㄱㄱ
─알려줘! 알려줘! 알려줘!

컴백이 얼마 남지 않은 상황이니만큼 팬들의 호응도 뜨거웠고 동시에 소속사의 압박도 강해졌다.

'절대 지난번처럼 다 알려주면 안 된다.'
'아니, 기껏 숨겼는데 당당하게 안무 보여주지 말고!'

조승현 실장이 귀에 딱지가 앉을 지경으로 강조했기에 이번만큼은 그 누구도 쉽사리 입을 열지 못했다.
하지만.

'원래 그래도 조금씩 보여주는 게 국룰이지. 야, 팬들이 그런 걸 얼마나 좋아하시는데.'

은수에게 전해 들은 조언이 도영을 갈등하게 했다. 이쪽 분야에선 선배인 은수의 조언과 쏟아지는 댓글들까지도. 잠시 갈등하던 도영은 제자리에서 벌떡 일어났다.

"할까? 스포?"

"에, 갑자기?"

"아니, 이렇게 많이들 궁금해하시는데."

"그건 맞지. 스포 해야지."

"실장님이 절대 하지 말라셨잖아."

일단 도영을 뜯어말리고 보는 유찬과 귀가 얇은 나머지 조금씩 흔들리는 선우. 상준은 상황을 지켜보며 빠르게 머리를 굴리고 있었다.

"해? 말아?"

"아니, 잠깐 기다려 봐."

"다들 컴 다운!"

"못하는 영어 하지 말고."

"너무하네. 엄유찬."

그렇게 탑보이즈가 단체로 혼란에 빠진 순간.

막대 사탕을 물고 있던 제현이 나직이 말을 뱉었다.

"아, 제목은 'ASK'래요."

"……!"

묵직하고도 모든 게 담긴 한마디였다.

*　　　　*　　　　*

─이렇게 대놓고 말해줄 줄은 몰랐다

└참으로 솔직한 친구들이야……. 마음에 들었어, 아주

└ㅋㅋㅋㅋㅋㅋㅋㅋㅋㅋ

└제목 에스크래요 ㅋㅋㅋㅋㅋㅋㅋ

└유이앱 들어온 팬들 의문의 1승

─JS 엔터에서도 이제는 슬슬 포기한 듯

└그냥 그러려니 하지 않았을까

└그래도 뮤비는 스포 안 했잖아

└이번엔 나름 참았지 ㅇㅇ

└근데 대놓고 제목을 말할 줄은…ㅋㅋㅋ

끼이익.

차를 한 번에 주차시킨 송준희 매니저가 혀를 차며 말을 뱉었다.

"내가 못 산다. 그새를 못 참고 그걸 또 유이앱에서 나불나불……."

"크흠."

"일단 이건 제현이 단독 결정이었어요."

"얘들아, 남 탓을 하면 안 돼."

송준희 매니저가 침착하게 말을 던지자 제현의 대답이 돌아왔다.

"원래 스포는 하는 게 재밌댔어요."

"그건 맞지."

운전석에 앉은 송준희 매니저가 타박을 던지는 와중에도 제현은 해맑게도 당당했다. 어차피 타이틀 공개까지 하루가 남은 상황에서 뭐 그리 뜸을 들이냐는 제현의 논리가 꽤나 그럴싸했기에, 송준희 매니저는 할 말을 잃었다.

"그래. 다들 내려라."

그도 그럴 것이 오늘은 팬 싸인회 날이었다.

컴백을 얼마 앞두지 않고 진행되는 팬 싸인회. 잔소리는 오늘 스케줄이 끝나고 나서 이어 해도 상관없다. 반쯤 포기한 송준희 매니저는 한숨을 내쉬며 문을 열었다.

"와아아아!"

"팬 싸인회다아! 상준이 형, 물병 챙겼어?"

"어엉. 너 펜은?"

"그거 가면 나눠 준댔는데."

멤버들은 정신없이 대화를 주고받으며 건물 뒤편으로 향했다.

100명 정도의 미니 팬 싸인회. 3프로사에서 내건 이벤트로 열리게 된 미니 팬 싸인회였지만 그만큼 경쟁률도 셌던 모양이었다.

띠링.

송준희 매니저는 도어록을 열며 팬 싸인회 해프닝을 늘어놓았다.

"3프로사에서 이벤트 페이지를 열었는데 경쟁률이 거의 300대 1이 넘었나 보더라고."

"300대 1이나요?"

"딱 이틀 모집하려고 했는데 너무 많이 신청이 와서 그마저도 일찍 종료했다더라."

"와."

자신들을 보고 싶어 하는 사람들이 이리도 많았다는 것에 상준은 감동을 느꼈다. 공백기 동안 도통 팬들과 직접적으로 만날 일들이 없었으니 오늘 팬 싸인회는 멤버들에게도 설레는 경험이었다.

"좋네요."

한시라도 빨리 무대에 서서 팬들과 소통하고 싶지만 그게 아니라면 이렇게라도 만나 뵙고 싶다. 상준은 미소를 지으며 붉은 커튼을 걷어 젖혔다.

그와 동시에.

"와아아아아!"

"꺄아아아아아!"

미리 대기하고 있었던 팬들의 함성 소리가 쏟아졌다. 겨우 100명의 팬들이지만 팬 싸인회장을 뒤집어놓을 정도의 어마어마한 함성 소리. 상준은 놀란 눈으로 그 자리에서 우두커니 멈춰 섰다.

"우와."

"엄청 많이 오셨네."

100명을 1,000명처럼 느껴지게 하는 함성에 탑보이즈 멤버들이 단체로 눈을 굴리고 있자 팬들 사이에서 웃음이 터져 나왔다.

"뭐야, 애들 왜 안 들어와."

"다들 왜 이렇게 멍해 보여."

"너무 오랜만이라 그런가."

긴장 반 설렘 반으로 속닥이는 팬들의 말소리 사이로 선우가 끼어들었다. 마이크를 집어 든 선우는 진심 어린 한마디를 뱉었다.

"이렇게 찾아주신 온탑 여러분 감사합니다."

"얼마나 보고 싶었는지 몰라요."

상준 역시 미소를 지으며 말을 얹었다.

도영이 상기된 목소리로 우렁차게 분위기를 띄웠다.

"자, 일단 공식적으로 인사부터 드리고 시작하겠습니다!"

"Dream the top! 안녕하세요, 탑보이즈입니다!"

탑보이즈의 공식 인사를 마치자마자 또다시 밀려드는 함성 소리. 상준은 감격에 찬 얼굴로 말을 뱉었다.

"네, 한 분씩 내려와 주세요!"

"와아아아아아!"

*　　　*　　　*

100명 남짓의 팬 싸인회지만 정신없이 팬들이 몰려드는 틈에 잠시도 쉴 수가 없었다. 그 와중에도 상준은 쉬지 않고 팬들의 얼굴을 살폈다.

'다음에도 꼭 기억해야겠네.'

"안녕하세요."

"꺄아아아!"

"이름이 뭐예요?"

눈앞의 팬들을 모두 외우겠다는 마음으로 또다시 대여한 「안면 인식의 천재」. 상준은 맑아진 정신으로 팬들의 말을 귀 기울여 들었다.

"지난번 활동 때 뮤직중심 보러 오지 않았어요? 1열?"

"헉, 아니, 그걸 어떻게 기억하세요?"

재능의 효과 덕에 팬들은 감동한 얼굴로 거듭 되물었다. 상준의 놀라운 기억력에 감탄하는 팬들이 있는가 하면, 더 예리한 기억력으로 물고 늘어지는 팬들도 있었다.

"혹시 혼자세요?"

"아니, 이제는 알아요. 진짜로."

이전 팬 미팅에서 실수한 상준을 기억하는 팬들이 집요하게 물어왔지만, 상준은 그럴 때마다 능청스레 받아쳤다. 각종 주접 댓글의 유형들을 분석해 온 상준이다.

"뭐든 물어보세요."

"네?"

뭐든지 열정이 과해서일까.

상준의 앞에 앉은 여학생은 두 눈을 끔뻑이며 고개를 갸우뚱했다.

'왜 시험을 보는 기분이지?'

물론 그렇다고 해서 웃음이 나오질 않는 건 아니었다. 여학생은 미소를 지으며 엄지손가락을 치켜들었다.

"와, 진짜 다 외우셨네요."

"그럼요."

겨우 주접 댓글을 외웠을 뿐인데 왜 이리 뿌듯해 보일까. 코를 쓸어내리는 상준을 보며 잠시 혼란스러워졌지만 좋은 게 좋은 거다.

여학생은 두 눈을 반짝이며 상준에게 말했다.

"이거 진짜 마지막!"

"뭔데요, 뭔데요?"

"혹시 피카츄세요? 방금⋯⋯."

이건 또 뭐란 말인가. 머릿속 데이터를 빠르게 돌린 상준은 모르는 드립이라는 사실을 직감했다.

그런 상준의 입에서 튀어나온 말은.

"피⋯ 피카?"

"⋯⋯."

"네?"

후우.

열심히 싸인을 하고 있던 도영이 딱한 눈으로 상준을 돌아보았다. 그나마 다행이었던 것은 여학생의 차례가 끝났다는 것이었지만⋯⋯.

"꺄아아아. 가서 글 올려야지!"

음.

이미 망했다.

"그럴 수 있지."

이제는 태연해진 상준은 머리를 긁적이며 다음 온탑을 기다렸다.

그 순간.

"어?"

익숙한 얼굴이 상준에게 걸어왔다.

"와."

이번으로 벌써 세 번째다.

팬 싸인회에서 한 번, 공약 실천 현장에서 한 번.

그리고 지금.

같은 경험을 공유하던 그 여학생이 상준의 눈앞에 서 있었다.

상운의 사고를 슬퍼하며 눈물을 흘리던 어두운 표정의 여학생은 그새 훨씬 더 밝아져 있었다.

　"세상에나."

　상준은 능청스럽게 웃어 보이며 그녀를 반겼다.

　"이 어마어마한 경쟁률을 뚫고 온 거예요?"

　　　*　　　　　　*　　　　　　*

　이전보다 훨씬 밝아졌다는 것은 비단 상준만의 착각이 아니었다. 여학생은 미소를 지으며 자리에 앉았다. 엄청난 경쟁률을 뚫고 왔다며 자랑스레 말하던 학생은 두 눈을 반짝이며 말을 이었다.

　"이젠 제가 팬이 되어버려서."

　"그래요?"

　이제는 상준에게서 상운을 찾지 않는다. 미소를 지으며 자신을 바라보는 여학생을 향해 상준은 기분 좋게 말을 건넸다.

　"그쵸. 제가 좀 헤어 나올 수 없는 매력이긴 하죠."

　"네?"

　"아?"

　도영에게서 능청스러움을 지나치게 많이 배워 버린 걸까. 상준은 머쓱한 미소를 지으며 CD에 싸인을 했다. 여학생이 배시시 웃으며 CD를 받아 드는 사이, 상준은 여느 팬 미팅처럼 자연스러운 질문을 던졌다.

　"이번에 쇼케이스 올 거죠?"

　팬 대 연예인으로.

상처를 공유하던 사람에서 함께 잊어가는 사람으로.

그렇게 자연스러운 대화를 주고받으며 웃어본다. 여학생은 고개를 격하게 끄덕이며 물어왔다.

"쇼케이스 언제 해요?"

"3월 29일이요."

그날이 탑보이즈의 컴백일이다.

상준은 설레는 마음으로 천천히 입을 뗐다.

"내일모레, 보러 와요."

슥슥.

다른 화보지에도 싸인을 마친 상준은 두어 번 반복해서 중얼거렸다.

"내일모레… 내일모레……."

"아, 안 잊을게요."

"잊지 말라고 강조하는 거예요."

상준은 자리에서 일어나는 여학생을 향해 손을 흔들며 의자를 뒤로 젖혔다.

"후우."

드디어 컴백이다.

*   *   *

"끄아아아! 다들 모여! 모이라고!"

언제나처럼 컴백은 너무나도 설렌다. 상준은 두 손을 모은 채 호들갑 떠는 도영을 올려다보았다. 오후 6시에 앨범이 나왔으니

곧 첫 번째 차트가 나올 터였다.

"와, 여전히 떨리네."

7시를 향해 가는 시곗바늘을 바라보며 송준희 매니저는 나직이 말을 뱉었다. 총 5개의 곡으로 이루어진 이번 앨범.

그중에서도 타이틀곡「ASK」는 송준희 매니저가 생각해도 좋은 곡이었다.

'잘 뜨면 좋을 텐데.'

오랜만의 컴백. 심혈을 기울여 이번 앨범을 준비한 멤버들을 떠올리니 자연히 좋은 성적이 나왔으면 했다.

송준희 매니저도 함께 두 손을 모은 채 눈을 꼭 감고 있을 무렵.

선우가 가장 먼저 우렁찬 목소리로 외쳤다.

"7시다! 7시다!"

"으아아아악! 빨리 들어가 봐."

"아니, 어떻게 된 거야."

단체로 허둥지둥 메론뮤직에 들어가는 탑보이즈.

스크롤을 빠르게 내리던 유찬의 입에서 탄성이 튀어나왔다.

"와."

동시에 순위를 확인하고 얼어붙는 멤버들.

떨리는 마음으로 손을 떼자 상단에 익숙한 팀명이 보였다.

탑보이즈「ASK」.

첫 번째 차트 진입 순위는…….

"와아아아아악!"

"10위다……!"

"10위라고! 진짜?"

겨우 10개월 차 신인이 받아내기엔 너무도 황송한 기록. 그걸 한 시간 만에 찍었다는 게 믿기질 않았다.

"끄아악!"

도영은 튀어오르듯 자리에서 일어나 제현의 어깨를 툭툭 쳤다.

"대박. 어, 실장님한테 빨리 전화해 봐."

"실장님?"

제현답지 않게 당황한 기색으로 연락처를 뒤지고 있다. 모두들 단체로 들떠서 날아갈 듯 뛰어다니고 있었다.

그도 그럴 수밖에 없었다.

시작이 너무 좋다. 쇼케이스가 끝나고 나서 새벽쯤 한층 더 순위가 오를 걸 생각하면 이번 앨범도 1위를 찍을 수 있지 않을까 하는 희망이 생겼으니까.

"대박인데?"

입소문을 타고 역주행을 하거나 음악방송 무대로 사람들을 사로잡아 1위에 끝내 올랐던 탑보이즈다. 1위를 하기 위해서 컴백을 하는 건 아니었지만 당연히 설렐 수밖에 없었다.

그렇게 한참을 대기실에서 뛰어다녔을까.

"쇼케이스 시작하겠습니다."

첫 번째 컴백 무대가 막을 올랐다.

*   *   *

"꺄아아아아아!"

"탑보이즈! 탑보이즈! 탑보이즈!"

조명이 쏟아지며 탑보이즈를 환하게 비추고, 어둠에 잠겨 있던 팬들의 함성이 한층 거세졌다.

"후."

상준은 깊은 숨을 내쉬며 허공을 똑바로 응시했다.

언제나 첫 무대는 떨려온다. 데뷔 1년 차에도, 10년 차에도 크게 바뀌지 않으리라 짐작하며 상준은 떨리는 발걸음을 내디뎠다.

"와아아아아!"

파도와도 같던 함성 소리가 천천히 사그라들고.

상준은 미소를 지으며 마이크를 손에 쥐었다.

첫 번째로 선보일 곡이자, 이번 앨범의 유일한 발라드곡.

「그리고 있어」의 잔잔한 피아노 선율이 무대를 가득 메웠다.

「무대의 포커페이스」.

상준은 애써 담담한 목소리로 노래의 첫 소절을 읊었다.

전화를 받지 않는 너
지금 어디서 무얼 하는지
알 수가 없어 난

타이틀곡이 밝고 청량한 봄노래로 관객의 귀를 사로잡는다면, 「그리고 있어」는 관객들에게 감정을 쏟아내야 하는 노래였다.

상준은 마이크를 손에 쥔 채 유지연 선생의 트레이닝을 떠올렸다.

상준의 재능을 칭찬하면서도 그녀는 늘 단호하게 부족한 점들을 짚어주곤 했다.

'감정을 제대로 실어봐. 가사를 곱씹으면서. 너네가 어떻게 표현해야 할지, 이 노래 가사에 다 담겨 있잖아.'

호흡을 싣고 감정을 드러낸다.
처음에 담담하던 상준의 목소리는 곧바로 애절하게 바뀌어갔다.
듣는 사람으로 하여금 돌아보게 만들 정도의 엄청난 호소력.
「신이 내린 목소리」와도 너무 잘 어울리는 노래 분위기에, 상준은 자신감을 가지고 무대 중앙에 섰다.

어둠으로 가득 찬 듯
아무것도 보이질 않아

앞이 캄캄한 듯 허공에 손을 내젓는 상준.
그의 뒤로 천천히 걸어오던 도영이 노래를 이어갔다.

이 캄캄한 거리에서
나는 천천히 걸어가

잔잔한 노래와도 어울리는 도영의 맑은 목소리.
「그리고 있어」는 정용찬 작곡가 특유의 노래 스타일이 가장 잘 묻어난 노래였다.

화려하지 않게 천천히 감정을 쌓아간 뒤 한 번에 터뜨린다.

탑보이즈 다섯의 목소리가 천천히 겹쳐지며 한 편의 스토리를 만들어가고 있었다.

I'm calling you
넌 어디에 있니
보이지도 않는 널
닿지 않는 널
나는 그리고 있어

허공에 손을 뻗으며 상준은 슬픈 표정으로 고개를 내렸다. 절절한 감정에 녹아 든 관객들의 입에서 탄성이 튀어나왔다.

"와."

유찬이 앞으로 걸어 나오며 감성적인 랩을 시작했다. 유찬의 랩이 끝나기가 무섭게 그의 말을 주고받는 선우.

이제는 제법 능숙해진 둘의 합이 잔잔한 멜로디에 감성을 얹었다.

알고 있는 건 이름뿐인데
나는 너를 찾고 있어
Say your story
기억을 되짚어 너를 찾아보려 해

"노래 좋은데?"

이미 오는 길에 음원 스트리밍으로 수없이 들은 곡이었지만, 그 전율은 색달랐다. 팬들은 감격에 찬 얼굴로 두 손을 모았다. 다섯의 목소리가 하나 되어 하모니를 이루고.

아름다운 물감과
새하얀 도화지속에 머무르던 널
나는 그리고 있어

무대 위에서 다섯은 하나가 되었다.
쌓아 올리던 감정을 한 번에 터뜨려 버리는 후렴구.
노래는 이윽고 다시 잔잔했던 도입부로 돌아갔다.
점점 흐릿해지는 노래의 끝자락에서.
상준은 마지막으로 남아 있던 감정을 모두 쏟아부었다.

수없이 그려봐도
닿지 않아 널

"나는 계속 그리고 있어……."
그렇게 상준의 여운 있는 보이스가 끝났을 때.
"와아아아아아악!"
"미쳤다, 이번 앨범."
"탑보이즈! 탑보이즈! 탑보이즈!"
관객들은 함성을 터뜨리며 자리에서 일어났다. 성공적으로 마무리 된 첫 번째 무대. 그 무대가 끝남과 동시에 어둠이 무대 위로 내려앉았다.

"뭐야?"

동시에 수군대는 관객들.

"바로 시작하는 건가?"

이윽고 몽환적인 멜로디가 무대 위를 가득 메웠다.

"아, 이거 그거네."

"어릿광대?"

"이번 수록곡."

「그리고 있어」 다음으로 선보일 무대는 「어릿광대의 죽음」이었다. 밝으면서도 묘하게 음울한 분위기를 자아내고 있는, 탑보이즈가 처음으로 선보이는 스타일의 노래였다.

'잘할 수 있어.'

이번 앨범에서 가장 어려운 안무를 지니고 있는 곡이기도 했다.

'이걸 하라고요?'

처음에 트레이너 선생님이 안무를 들고 왔을 때, 탑보이즈는 단체로 경악했다. 그동안 탑보이즈가 소화했던 안무도 절대 쉬운 수준이 아니긴 했지만, 이거는 차원이 달랐다.

'아니, 발이 바닥에 안 붙어 있는데?'

'저희 죽으라고 짜신 건가요.'

'에이, 설마. 살아서 추라고 짠 건데.'

망할.

연습하는 와중에도 얼마나 힘들었는지 모르겠다.

탑보이즈의 강철 체력을 담당하는 상준조차 나자빠질 정도였으니.

일단 쉴 새 없이 뛰어다녀야 하는 안무가 가장 힘들었다.

여기에 라이브로 노래를 이어가려니 숨이 차서 죽을 지경이었다.

그래서.

상준이 선택한 것은 연습이었다.

'으아아악!'

'죽… 죽을 거 같은데.'

'도영아, 사람은 그렇게 빨리 안 죽어.'

러닝 머신을 뛰면서 죽어라 노래를 부른다.

그렇게 열흘을 꼬박 이 노래를 위해 연습했으니 이제는 완벽한 무대를 선보일 차례였다.

"꺄아아아……!"

짝짝짝.

팬들의 박수가 점점 사그라들고 노래가 시작됐다.

묘한 분위기를 자아내는 두 번째 활동곡 「어릿광대의 죽음」.

상준은 밝고도 음울한 노래의 멜로디 라인을 따라가며 쉬지 않고 안무를 이어갔다.

낯선 곡의 스타일에도 당황하지 않고 화려한 무대를 선보이는 탑보이즈.

"헉… 헉."

라이브를 위해 준비했던 연습이 부족했다고 느껴질 만큼 빡센 안무였다. 그럼에도 상준은 웃음을 잃지 않으려 노력했다.

"와아아!"

무대를 이어가는 도중에도 사방에서 터져 나오는 함성.

넓은 이 무대를 가득 메울 거 같은 함성에 상준은 힘을 받았다.

「어릿광대의 죽음」은 묘한 매력이 있는 곡이었다.

암울한 가사에 몽환적인 분위기, 잠시도 쉬지 못하는 어려운 안무까지. 분명 기운이 빠져야 정상인데 그렇지 않았다.

'힘이 난다.'

푸르른 야광봉을 흔들고 있는 팬들 덕분일까.

상준은 힘을 받아 노래를 이어갔다.

금방 지칠 것 같은 와중에도 시원하고 힘 있는 목소리였다.

「신의 내린 가창력」.

갈고닦은 재능으로 두 번째 활동곡마저 마쳤을 때.

"멋있다아아!"

"탑보이즈! 탑보이즈! 탑보이즈!"

아까보다 더 큰 함성이 쏟아져 내렸다.

"자, 여러분."

그리고 그 함성 사이로 낯익은 목소리가 들려왔다.

"어?"

검은 정장을 입은 채 천천히 앞으로 걸어 나오는 사회자.

"탑보이즈의 컴백 쇼케이스에 오신 것을 환영합니다!"

익숙한 얼굴을 확인한 상준은 놀란 눈으로 얼어붙었다.

제3장

어릿광대의 죽음

"아니, 선배님."

도영은 두 눈을 끔뻑이며 눈앞의 남자를 바라보았다.

이런 조그마한 쇼케이스에 올 리가 없는, 지나치게 유명한 사회자.

톱스타 강주원이 마이크를 쥐고서 나타났다.

"헉."

"뭐야, 어떻게 된 거야?"

"JS에서 부른 건가?"

팬들도 수군대며 강주원을 바라볼 정도였으니 아무런 전달 사항을 받지 못한 상준은 멍하니 서 있을 수밖에 없었다. 강주원은 능청스럽게 웃어 보이며 탑보이즈를 향해 손짓했다.

"제가 해치러 온 건 아니거든요. 왜 이렇게 굳어 있지."

"여기는 무슨 일로……."

도영의 물음이 황당하다는 듯 강주원은 너털웃음을 터뜨렸다.

"그야 당연히 진행하러 오지 않았을까요."

"푸흡."

"아니, 다들 왜 저렇게 긴장했어."

머리를 긁적이며 어정쩡하게 단체로 서 있는 탑보이즈. 팬들이 한바탕 웃어젖힌 후에야 멤버들은 차분히 의자에 앉았다.

"네, 우리 자랑스러운 후배들이 이번에 컴백을 해서. 제가 또 이렇게 빠질 수 없었기 때문에 이 자리에 섰습니다."

강주원은 대본을 빠르게 체크하며 탑보이즈 멤버들을 향해 웃어 보였다. 굳어 있는 멤버들을 풀어주기 위한 여유로운 진행. 상준은 속으로 감탄하며 강주원의 진행을 살폈다.

"신곡 소개 한번 해주시죠."

"아."

컴백 쇼케이스니 가장 먼저 들어온 질문은 자연히 타이틀곡에 대한 설명이었다. 「그리고 있어」와 「어릿광대의 죽음」을 선보였으니, 타이틀곡 무대는 아직 공개되지 않은 상황이다.

'또 실수할 수는 없지.'

본인의 진행을 그다지 믿지 않는 상준은 빠르게 마이크를 선우에게 패스했다. 선우는 침착한 목소리로 이번 타이틀곡을 설명했다.

"네. 이번 타이틀곡 'ASK'는 호기심을 가지고 탑 위를 살피는 내용의 봄노래입니다. 미지의 세계에 대한 설렘과 의문을 담고 있는 곡인데요."

"시즌에 맞게?"

"넵. 밝고 통통 튀는 느낌의 달달한 봄노래니까 많은 분들이 사랑해 주셨으면 좋겠습니다."

"와아아아!"

리더다운 차분한 선우의 설명에 강주원은 만족스러운 미소를 지었다. 그때, 탑보이즈의 첫 쇼케이스를 떠올린 강주원이 작게 헛기침을 했다.

상준을 뚫어져라 바라보는 강주원.

그의 눈빛에서 불안함을 직감한 상준이 마이크를 들었다.

"왜… 왜요?"

"작곡은 누가 하셨나요?"

아.

익숙한 장면을 떠올려 낸 상준은 두 눈을 질끈 감았다.

'맞다.'

모닝콜에 대한 설명을 달달 외운 것만이 잊고 싶던 경험은 아니었다. 오히려 한동안 상준을 시달리게 했던 별명은……

'작곡에는 나상준 작곡가, 편곡에는 정용찬 작곡가, 마지막으로 작사는……'

'이야, 나상준 작곡가님!'

'네… 네?'

'작곡가! 작곡가! 작곡가!'

다시 떠올리고 싶지 않은 끔찍한 경험이다.

하지만.

이럴 때일수록 당당해져야 한다.

상준은 고개를 치켜든 채 씨익 미소를 지어 보였다.

"나상준 작곡가님?"

켁.

상준의 당당한 말이 끝나기 무섭게 도영이 헛기침을 했다.

본인을 프로로 운운할 때부터 알아챘지만 데뷔 10개월 동안 상준이 얻은 건 아무리 봐도 두꺼워진 낯짝이었다.

'어떻게 저렇게 뻔뻔하지?'

도영은 속으로 감탄하며 혀를 찼다.

"하여간 당당하니까 이제는 못 놀리겠어요."

"제가 작곡가님이라."

"넥 슬라이스."

"악!"

폭주하는 상준 열차를 진정시킨 건 다행히도 유찬이었다.

강주원은 숨이 넘어갈 듯 웃어대며 간신히 진정하고 멘트를 이어나갔다.

"아, 네. 저희는 지금 뛰어난 작곡가님과 함께 인터뷰를 진행하고 있는데요. 탑보이즈 하면 떠오르는 매력이 하나 있잖아요. 여러분, 뭐죠?"

"청량!"

"청량함이요!"

괜히 이온음료 광고를 따낸 것이 아니다.

이번엔 달달한 곡으로 돌아오긴 했지만 탑보이즈하면 가장 먼저 떠오르는 게 청량함이었다.

강주원은 유찬을 돌아보며 다시 질문을 던졌다.

"네, 유찬 씨는 뭐라고 생각하세요?"

"아."

잠시 고민하던 유찬은 머리를 긁적이며 말을 뱉었다.

"청량함이요."

"푸흡."

"야, 귀는 왜 빨개지는데."

아무리 생각해도 본인 입으로 말하려니 부끄러워 죽을 지경이다. 유찬은 흔들리는 동공으로 연신 헛기침을 했다. 도영은 건수를 잡았다는 듯 능청스레 말을 뱉었다.

"와, 이제부턴 청량 유찬으로 불러주면 될 거 같아요."

"…조용히 해."

팬들만 없었으면 싸웠을 둘이다.

강주원은 웃음을 터뜨리며 유찬에게 질문 공세를 이어갔다.

'은근 재밌는 친구네.'

상준이 뻔뻔하게 나온다면 유찬을 공략하는 것도 나쁘지 않았다. 방송용 멘트를 쏟아내는 도영과는 달리 유찬은 이따금 당황하는 맛이 있었다.

강주원이야 '마이픽' 때부터 솔직한 유찬을 봐왔으니 내릴 수 있었던 판단이었다.

"그럼 유찬 씨가 청량함을 개인기로 표현해 주세요."

"개인기요?"

전혀 예상하지 못했던 질문.

사실 대본에 있던 질문은 사뭇 달랐다.

'개인기 파트긴 했는데……'

청량함을 개인기로 표현하라니.

이번에도 어김없이 까마귀 개인기를 들고 왔던 유찬은 침을 삼키며 입을 열었다.

어떻게든 연결시키기만 하면 된다.

"제가 준비한 개인기는요."

"네, 벌써 기대되는데요."

"상준이 형이랑 같이 준비했거든요."

"네?"

상준은 두 눈을 끔뻑이며 유찬을 돌아보았다.

'아니, 대체.'

들은 바가 없는데 이게 무슨 헛소리인지.

상준은 당황한 기색으로 마이크를 들었다.

"미리 좀 말해주세요, 미리 좀."

"아니, 지금 둘이 상의가 안 된 거예요?"

"저는 뭐 하는지도 모르는데요."

눈으로 욕하는 상준을 바라보며 유찬은 머쓱한 미소를 지어 보였다.

"미안."

나만 죽을 수 없어서.

유찬은 상준의 시선을 피하며 다시 입을 열었다.

사실 상준을 개인기에 끌어들인 이유는 따로 있었다. 이미 한 번 비슷한 개인기로 상준과 합을 맞춘 적이 있었으니까.

유찬은 자신감 넘치는 목소리로 말했다.

"청량한 까마귀입니다."

"……!"

놀란 눈으로 유찬을 돌아보는 멤버들과.

"저는 집에 가겠습니다."

급기야 탈주를 선언하는 상준.

그런 상준을 간신히 붙들어둔 유찬이 애절한 눈빛을 보냈다. 상준은 한숨을 내쉬며 유찬의 개인기를 기다렸다.

"일단 보고."

과연 청량한 까마귀를 어떻게 표현할 것인가.

"뭔가 새로운 거 준비해 왔나 본데?"

"하긴 까마귀 원조가 유찬이지."

"오늘 또 레전드 까마귀가 탄생하는 건가."

팬들이 기대에 찬 눈빛으로 유찬을 내려다보고 있던 순간.

"까악! 까아아아악!"

"……!"

"저는 진짜로 집에 가겠습니다."

차마 눈을 뜨고 볼 수 없었던 상준은 자리에서 일어나려 했다. 외면한 건 리더 선우도 마찬가지였다.

"차라리 납량 특집 까마귀라고 하지."

"안 신나? 까아악!"

"자, 네. 유찬 씨의 개인기 잘 봤습니다."

진행에 위기를 느낀 강주원이 황급히 유찬의 말을 막았다.

이미 온탑들은 숨넘어갈 듯 웃어대고 있었다.

'이게 웃기다니.'

역시 팬심의 힘은 위대하다.

상준은 놀란 표정으로 관객석을 빤히 올려다보았다.

"저게 뭐람."

"아……. 이건 박제 각인데."

"아니, 그래도 웃기긴 하잖아."

"꺄아아! 유찬이 열심히 한다!"

이 싸늘해진 분위기를 진정시키기 위해서는 바로 다음 코너로 넘어가야 한다. 강주원이 대본을 꺼내 들며 화제를 돌리려던 순간이었다.

"저, 저! 소식이 들어왔는데요!"

"어?"

"저분이 왜 여기 계시지?"

JS 엔터에서 봤던 익숙한 얼굴이 뛰어 들어왔다.

놀랐는지 얼굴이 새하얗게 질린 채 강주원을 향하는 남자.

'뭐지?'

홍보 팀 직원으로 오다가다 자주 봐왔던 얼굴이긴 하지만, 갑자기 쇼케이스장까지 찾아온 이유를 알 수 없었다.

"저 사람은 누구야?"

팬들 역시 당황한 듯 사방에서 말소리가 튀어나왔다.

"아, 네. 그랬군요."

남자에게서 말을 전해 들은 강주원이 심각한 얼굴로 자리에서 벌떡 일어났다.

'무슨 일이라도 있는 건가.'

탑보이즈 멤버들은 긴장한 기색으로 강주원이 말을 꺼내길 기다렸다.

그 순간.

강주원이 입가에 호선을 그리며 큰 소리로 말을 뱉었다.

"음원차트 결과가 나왔는데요."

"네?"

쇼케이스 와중이라 시간이 이렇게 흘렀는지도 몰랐다.

"헉. 맞다."

"지금 8시네."

"아니, 몇 등인데?"

주섬주섬.

팬들은 주머니에서 단체로 휴대전화를 꺼내 음원사이트에 들어가려했다.

하지만, 이번에는 강주원이 더 빨랐다.

탑보이즈를 돌아보며 씨익 웃어 보이는 강주원.

'제발.'

부디 떨어지지만 않았기를 바라며 상준이 침을 삼키던 찰나.

그의 입에서 폭탄 같은 한마디가 튀어나왔다.

"1위 축하드립니다."

＊　　　　　＊　　　　　＊

「탑보이즈, 오늘(29일) 달달한 봄노래로 컴백」

「탑보이즈 컴백 타이틀곡은 'ASK'」

「컴백 2시간 만에 1위 탈환, 무서운 신인 탑보이즈」

—아니, 진짜 대박이지 않냐고 ㅋㅋㅋㅋ
  ┗온탑들 다 모여!!
  ┗1위다!!! 소리 질러어어!
  ┗이렇게 빨리 오른 적 있었나?
  ┗당연히 없었지 이게 얼마나 어려운 건데
  ┗그 어려운 걸 탑보이즈가 해냈습니다. 개쩔어…….
—노래가 그럴 만했다. 상준이는 그저 빛……!
  ┗빛은 뭐가 빛이냐. 딱 봐도 소속사에서 대신 해줬겠구만. 신
인이 저 능력이 되냐?
  ┗너는 그저 빛……!
  ┗뒈질?
  ┗2222
—역대급 명반입니다. 다들 들으세요.
  ┗너무 쩌는 노래를 들으면 기억을 잃는다는 게 사실이야? 너
무 쩌는 노래를 들으면 기억을 잃는다는 게 사실이야? 너무 쩌는
노래를 들으면 기억을 잃는다는 게…….
  ┗그만햇!
  ┗갈!!!
  ┗다들 주접 돌았냐고 ㅋㅋㅋㅋ

"쇼케이스 반응도 좋고, 댓글도 좋고. 순위는 말할 것도 없고."
  컴백 2시간 만에 1위.

신인이 이뤄낼 수 있는 기록이 아니다.

"잘하고 있어."

끼익.

조승현 실장은 의자에서 일어나며 흐뭇한 미소를 지었다.

요즘은 정말 이 친구들을 키우는 맛으로 산다. 탑보이즈가 탄탄대로를 달릴 때마다 조승현 실장은 마치 자신의 일인 양 행복해했다.

엔터 일을 한 지 오랜 시간이 지났지만, 이렇게까지 보람을 주던 연예인이 있었을까.

"이번 앨범 성적도 좋으니까 잘할 수 있을 거라 믿는다."

조승현 실장은 대기실까지 찾아와 훈훈한 말을 던졌다. 원래는 일정상 첫 방송 무대까지 함께할 생각은 없었지만, 잠시나마 짬을 내어 찾아온 거였다.

그런 조승현 실장의 마음을 누구보다 잘 알기에, 상준은 미소를 지으며 힘차게 고개를 끄덕였다.

"잘해야죠."

"그래. 다들 수고하고."

조승현 실장은 상준의 어깨를 툭툭 치며 말을 뱉었다.

그때, 송준희 매니저가 조 실장에게 커피를 건네며 탑보이즈에게 손짓했다.

"자, 어서들 들어오래."

"지금 시작해요?"

"그래. 빨리들 출발하자."

송준희 매니저의 말에 제법 능숙하게 준비하는 멤버들.

"자자, 이쪽으로!"

"형, 준비됐어?"

"마이크는?"

"체크했어."

"후우."

쇼케이스도 쇼케이스지만.

오늘은 첫 음악방송을 뛰는 날이었다.

"잘하자."

탑보이즈는 눈빛을 서로 주고받으며 무대 뒤편에 섰다.

컴백 후 오랜만에 다시 선 정식 무대.

사회자의 우렁찬 목소리가 울려 퍼졌다.

"달달한 봄노래로 컴백한 탑보이즈!"

"와, 정말 기대되는데요?"

"탑보이즈의 'ASK' 무대 시작하겠습니다!"

와아아아.

쇼케이스 때와는 비교도 되지 않는 함성.

1위 후보곡인 만큼 타 팬들의 관심도 많이 쏠려 있었다.

"후."

상준은 거친 숨을 몰아쉬며 무대 위로 올랐다.

'할 수 있다.'

1위 가수의 저력을 보여줄 시간이었다.

*   *   *

"탑보이즈다, 와아아!"

"이쪽 봐주세요, 이쪽!"

"꺄아아아아!'

이른 아침부터 탑보이즈를 응원하기 위해 포토 존에서 서 있던 팬들.

「안면 인식의 천재」 재능 덕에 상준은 익숙한 얼굴들을 무대 위에서 확인할 수 있었다.

"……."

상준은 미소를 지어 보이며 천천히 고개를 들었다. 첫 노래가 나오기까지 짧게 이어지는 침묵이 영원처럼 느껴졌다.

하지만, 그것도 잠시.

두두둥.

익숙한 드럼 비트가 무대 위에 울려 퍼졌다.

인이어를 가득 메우는 「ASK」의 전주에 상준은 고개를 까닥이며 카메라를 확인했다.

도입부는 도영의 파트.

설렘에 가득찬 표정으로 도영은 노래를 불러 나갔다.

눈이 부시게 화려한 이곳
수많은 색을 물들여
알록달록한 색깔들처럼
이곳은 빛이 나

통통 튀는 멜로디를 따라 무대를 누비는 멤버들. 봄 향기가 물씬 나는 무대에 팬들은 설레는 마음으로 고개를 들었다.

그 뒤로 상준이 두 팔을 벌린 채 뛰어나왔다.

이 색이 바로 설렘일까
So many colors
나는 이 색의 홍수에 빠져 버렸어

「무대의 포커페이스」.

상준은 카메라를 올려다보며 장난스러운 표정을 지어 보였다.

마치 탑 위를 뛰어다니는 듯한 생생한 표현력. 뮤직비디오를 지켜봤던 팬들은 마치 뮤직비디오의 한 장면이 무대 위에 펼쳐지는 듯한 느낌을 받았다.

"확실히 무대의 제왕이네."

무대 한 번을 뛸 때마다 탑보이즈의 차트 순위도 올랐던 이유.

카메라 감독은 무대를 보며 단번에 알 수 있었다. 말로만 듣던 탑보이즈의 무대를 그의 손으로 직접 카메라에 담는 일은 처음이었지만.

'눈이 즐겁네.'

신인답지 않은 능숙함이 있고.

신인다운 설렘이 있다.

모순적인 두 감정이 공존하는 탑보이즈의 무대에, 카메라 감독은 저도 모르게 빨려 들어갔다.

나는 궁금한 게 많아
What's your name

너가 더 알고 싶어
이곳이 더 알고 싶어

파이팅이 넘치는 무대.

이 무대가 마치 마지막 무대인 것처럼 그들은 온 힘을 쏟아냈다.

"와."

중독성 있는 하이라이트 후크와 듣기만 해도 기분이 좋아지는 멜로디. 굳이 작곡란의 이름을 확인하지 않아도 음악을 제법 아는 사람이라면 알아챌 법했다.

누가 이 노래를 작곡했는지.

'딱 모닝콜 느낌이네.'

상준의 분위기가 물씬 느껴지는 노래였다. 그 위에 탑보이즈의 색이 조화롭게 덮여 있었고.

달라진 게 있다면 훨씬 더 성숙해지고 달달해졌다는 것.

나는 궁금한 게 많아
Ask me Ask me
너가 더 알고 싶어
이곳에는 무엇이 있을까

무대 위를 쉴 새 없이 뛰어다니면서도 지치질 않는지 환하게 웃어 보인다.

사실 음악방송에서 춤과 노래 못지않게 중요한 것이 저 표정 연기다. 보는 사람으로 하여금 기분이 좋아지게 만드는 미소에,

카메라 감독은 앞으로 빠르게 다가섰다가 천천히 나왔다.

클로즈업을 하는 와중에도 빠르게 카메라를 따라가는 상준의 시선.

제현의 맑은 목소리가 2절의 시작을 알렸다.

도영이 청량하고 시원한 목소리를 가지고 있다면 제현은 옅은 미성인 편이었다. 그렇기에 라이브를 할 때엔 다소 묻히는 감이 있었다.

'이 노래는 무조건 신나게.'

봄 기운을 전해준다는 느낌으로 힘을 쏟아내라던 유지연 선생의 조언이 있었다.

끄적끄적.

열심히 메모장에 유지연 선생의 조언을 되새기던 제현은 무대 위에서 그 진가를 발휘했다.

눈이 부시게 설레는 이곳
색색이 물든 탑을 올라
너무도 높이 올라온 것처럼
아래가 보이질 않아

"대박인데?"

"엄청 늘었네요, 진짜."

조승현 실장은 너털웃음을 터뜨리며 무대에 집중하고 있는 제현을 올려다보았다. 아직 경험이 부족한 탓에 마냥 어려 보였던 제현은 제법 능숙하게 무대를 따라가고 있었다.

"하여간 애들은 너무 빨리 큰다니까."

"그러게요."

송준희 매니저 역시 흐뭇한 미소를 지으며 멤버들을 올려다보았다.

「ASK」는 원래부터 성장기의 설렘을 담았던 곡이었다. 그들이 올라선 탑에 의문을 가진 채 새로운 진실들을 알아가는 곡. 그 과정에서 성장하는 멤버들을 담아내는 곡이었는데……

"그새 또 성장해 버렸네."

탑보이즈는 곡을 따라 성장하고 있었다.

다음 무대에선, 다음 앨범에서는 또 어떤 무대를 보여줄지 기대될 정도로.

너가 더 알고 싶어

이곳이 더 알고 싶어

빠른 템포의 노래를 따라 부드럽게 휘어지는 춤선.

김광현 안무가에게서 잠깐 배웠던 스트릿 댄스가 착실히 녹아들어 간 안무였다.

'이게 되네.'

뉴스타일 힙합 장르로 몇 번 곡을 익힌 것이 이렇게 도움이 됐다. 「유연한 댄싱 머신」만으로는 부족했던 상준의 댄스 실력도 한층 성장한 기분이다.

"꺄아아아!"

그렇게 인이어 틈새로 들려오는 환호성이 최고점을 찍었을 때.

"이곳은 정상이 맞는 걸까."

선우가 읊조리듯 마지막 가사를 뱉었다.

*　　　　　*　　　　　*

"와, 진짜 잘 나왔는데?"

단체로 새하얀 옷을 입어서인지는 모르겠지만, 푸르른 배경 세트와 만나 더 빛이 나는 듯한 비주얼이었다.

모니터링을 하던 도영의 입에서 감탄이 튀어나왔다.

"와, 이거 봐봐."

"어떤 거."

"내 얼굴."

"……"

도영의 감탄은 곧바로 싸늘한 한숨으로 돌아왔다. 유찬은 혀를 차며 도영의 말을 못 들은 척했다. 그럼에도 카메라에 담긴 그림은 부정하기 힘들었다.

"첫방치고 진짜 잘 나오긴 했다, 그치."

"우리 작년 이맘때쯤 여기서 긴장해서 춤추던 거 기억나?"

괜한 향수가 떠오른 선우가 웃으며 말을 뱉었다. 사전녹화로 무대를 들어갔음에도 혹여 실수할까 봐 덜덜 떨었던 탑보이즈였다. 신인다운 패기로 무대를 끝마쳤을 때 스스로도 훌륭한 무대였다고 자신했었지만.

"얼마 전에 다시 보니까 영 아니더라."

"…사실 나도 봤어."

선우의 말에 유찬은 한숨을 내쉬며 고개를 저었다. 어느새 흑

역사가 되고 만 데뷔 무대다. 선우는 혀를 차며 부족했던 데뷔 무대를 평가했다.

"여기서 이런 표정을 해야 했는데, 너무 긴장한 티를 내면 안 됐는데. 나중에서는 그게 보이더라고."

"한 3년 뒤에는 이 무대 보면서 그럴걸?"

제현의 일침에 선우는 피식 웃음을 터뜨렸다. 실제로도 그럴 것 같았다. 하지만, 그게 결코 나쁜 상황은 아니었다.

조금씩 성장해 가고 있다는 증거니까.

"그때 이 무대 보면서 별의별 소리 다 나오겠네."

"에이. 그래도 내 눈에는 완전 괜찮은데."

"솔직히 이 무대가 역대급인데, 나도."

카메라를 향한 시선 처리도, 춤과 함께하는 라이브도 한결 성장했던 무대였다. 미래가 아닌 현재로 놓고 봤을 때 충분히 만족스러운 무대였다.

"맞다."

최선을 다해 무대를 즐겼고 실수 없이 마무리했다. 상준은 수고했다며 유찬의 어깨를 툭툭 쳤다.

"자, 가자."

저벅저벅.

온 힘을 쏟아내서인지 급격히 무거워진 발걸음.

상준은 곡소리를 내며 간신히 대기실 앞에 다다랐다.

"어윽."

"숙소 가서 쉬자."

이른 아침부터 응원을 온 팬들도 여간 고생이 아니었지만, 이렇게 스케줄이 오전에 있는 날이면 탑보이즈도 버거웠다. 숍에 들른 시간까지 포함하면 잠을 제대로 자지 못했던 터였다. 거기에 긴장한 상태로 무대까지 선보였으니 무리하긴 무리했다.

"아이고."

"죽겠다, 진짜."

다들 어서 침대에 눕고 싶다며 대기실에 들어서는데…….

"어?"

아까만 해도 무대 아래에 있던 조승현 실장이 대기실에 있었다.

"다시 오셨어요?"

스케줄상 곧바로 떠난 줄 알았는데 여기 있을 줄이야.

반가움의 표현으로 신나게 손을 흔들어대던 도영은 그의 옆에 선 낯선 얼굴에 놀란 눈이 되었다.

"엇."

머쓱한 얼굴로 정자세가 된 도영.

네이비색 모자를 눌러쓴 한 남자가 의미심장한 미소를 지으며 고개를 돌렸다.

"아. 다들 왔어?"

송준희 매니저는 물 한 병씩을 건네며 탑보이즈 멤버들을 반겼다.

"인사드려. SBC 피디님이셔."

"아, 안녕하세요!"

"아니, 이쪽으로 와봐."

다짜고짜 고개부터 숙인 제현에게 눈치를 보내며 황급히 뒤로 끌어온 선우.

탑보이즈는 선우의 정리 아래 언제나처럼 일렬로 섰다.

"Dream the top! 안녕하세요, 탑보이즈입니다!"

우렁찬 목소리로 외치는 정식 인사. 갑자기 각이 진 탑보이즈를 보고 있던 조승현 실장이 피식 웃음을 흘렸다.

"뭐 하냐, 다들."

"확실히 신인답네요."

"……?"

영문을 모르겠다는 표정으로 서로를 돌아보는 제현과 도영. 조승현 실장의 눈에는 어벙한 그 모습마저 귀엽게 느껴질 뿐이었다.

'아까 무대는 씹어먹을 것처럼 굴더니.'

무대 아래만 내려오면 원래의 모습으로 돌아간다.

"뭐야, 이 반응은."

"너 인사 틀린 거 아냐?"

"나 안 틀렸는데?"

"제현이가 한 박자 늦었어, 이건."

"에?"

2프로가 아니라 한 20프로 정도 부족해 보이는 멤버들을 돌아본 남자가 황당하다는 듯 껄껄 웃어젖혔다.

"아. 곧 만나볼 일이 생길 거 같은데. 재밌는 친구들이구만."

서 PD라고 자신을 소개한 남자는 한 명씩 악수를 하며 멤버들을 훑어나갔다.

'으음.'

은근히 자신을 향하는 눈길에 별생각이 없던 상준은 미묘한 기분이 되었다.

'뭔가 이상한데.'

"내가 프로그램 하나 새롭게 들어갈 예정이라. 게스트로 나와 줬으면 해서 내가 너희 실장님한테 제안을 드렸지."

서 PD는 상준과 도영을 번갈아 바라보며 능청스레 말을 뱉었다. 신인들도 서슴없이 다가갈 수 있을 법한 편하고 푸근한 인상. 하지만, 상준은 그 인상에서 묘한 괴리감을 느꼈다.

"게스트긴 한데 워낙 내가 마음에 드는 친구들이라. 잘만 하면 고정으로 들어올 수도 있는 거고."

"아, 넵."

"잘 부탁드립니다!"

공중파 예능 출연의 기회를 잡는 게 여간 어려운 일이 아니다. 상준과 도영은 동시에 고개를 숙이며 말을 뱉었다.

"잘해봐, 하여튼. 오가다가 잠깐 들렀으니깐."

"네, 감사합니다!"

서 PD는 상준의 어깨를 두어 번 툭툭 치며 입꼬리를 올렸다. 남들이 보기엔 신인들에게 기회를 주는 친절한 PD 그 자체다.

그런데 왜.

"음."

자꾸만 불안함이 드는지 알 수 없었다.

상준은 인상을 찌푸리며 한걸음 뒤로 물러섰다.

「무대의 포커페이스」.

다급히 재능으로 표정을 숨겼기에 망정이지, 불쾌한 기분을 고스란히 드러낼 뻔했다.

"게스트니까 너무 부담 가질 건 없고. 아무리 가던 길이래도 여기까지 들르신 걸 보니 고정 욕심이 있으신 거 같은데, 잘들 해봐."

"아, 네."

끼이익.

서 PD가 나가기 무섭게 조승현 실장이 들뜬 얼굴로 말을 쏟아냈다.

"그리고 상준이 네 얘기 엄청 하시던데. 너 나온 예능도 좋게 봤다고."

"아, 그래요?"

서 PD 역시 SBC에서 꽤나 힘을 쓰는 편이었다.

그 자체로는 히트라고 할 법한 예능프로를 많이 가지고 있진 않았지만, 오랜 경력 덕인지 주요 예능 PD들과 꽤나 친분이 있는 사람이었다.

그 내부 사정을 아는 조승현 실장으로서는 자연히 기분이 좋을 수밖에 없었다.

그런데.

어째 상준의 표정은 심각했다.

"왜 그래? 무슨 일 있어?"

조승현 실장이 걱정스러운 눈길로 물어보던 순간.

상준은 저도 모르게 마음속에 담아뒀던 말을 뱉어냈다.

아까부터 줄곧 서 PD를 보며 느껴졌던 불쾌한 기분.

그 기분의 이유를.

뜬금없지만 알 것 같았다.

"저 사람, 눈이 이상해요."

"…뭐?"

                    *   *   *

　"자, 다들 이쪽으로 모여봐."

　유이앱 라이브 방송은 아니지만 팬들을 위한 미니 콘텐츠 영상을 찍기 위해 모인 탑보이즈였다. 그것도 음악방송 직후에 모인 자리이니 피곤할 법도 했지만, 멤버들의 관심은 다른 데 쏠려 있었다.

　"형, 아까……."

　"아."

　느닷없이 서 PD를 향해 던졌던 상준의 한마디. 도영이 호기심에 눈을 반짝이며 물어왔지만 스태프의 우렁찬 목소리에 묻히고 말았다.

　"일단 이거 끝나고 얘기하자. 다들 집중!"

　"앗, 넵!"

　뮤직비디오 반응 영상.

　지난 'EIFFEL' 반응 영상이 워낙 조회수가 높게 나왔던 터라 이번에도 꽤나 기대하고 있던 팬들이 많았다.

　"저희가 지금 컴백 하고 며칠 동안 아직 뮤직비디오를 못 봤거든요."

　철저한 보안 속에서 뮤직비디오를 보지 못했던 탑보이즈다. 선우는 웃음을 터뜨리며 가볍게 소개를 이었다.

　"엄청난 철통 보안 속에 저희가 이제야 뮤직비디오를 보게 되었는데."

　"네, 그렇습니다."

"그래서 오늘은 리액션 영상으로 여러분을 찾아뵙게 되었습니다!"

"와아아악!"

"소리 질러어어!"

말끔한 선우의 진행과 효과음을 깔아주는 다른 멤버들까지. 수월하게 진행되는 촬영에 송준희 매니저는 별다른 걱정 없이 물러났다. 상준은 아까의 불안했던 감정을 떨쳐내며 눈앞 모니터로 시선을 돌렸다.

"누르면 되나요?"

"빨리 눌러주세요."

"으아악! 누릅니다!"

이럴 때는 호들갑을 떠는 도영의 성격이 큰 도움이 된다. 뮤직비디오가 나오기도 전에 난리를 치는 통에 정면에 설치되어 있던 카메라가 살짝 흔들릴 정도였다. 그야말로 엄청난 텐션.

팬들이 좋아할 만한 반응을 가득 준비하고서.

상준은 뮤직비디오를 틀었다.

위이잉.

짧은 기계음과 함께 화면을 가득 메우는 JS 엔터의 로그.

웅장한 BGM과 함께 익숙한 전주가 시작됐다.

"와."

「ASK」의 화려한 오프닝.

새하얀 탑 위에서 파티를 하는 멤버로 화면이 시작됐다.

'뮤직비디오 보면 너네 놀랄 거라니깐. 진짜야.'

앞서 뮤직비디오를 봤던 송준희 매니저가 연신 감탄을 뱉어내며 했던 말이 공감되는 순간이었다. 원래는 리액션을 위해 감탄사를 쏟아낼 계획이었지만.

"……."

단체로 입을 벌린 채 뮤직비디오에 열중하고 있다. 그새 화면은 물감 놀이를 하는 멤버들을 비추고 있었다. 색색깔의 물감을 들고 사방에 흩뿌리는 멤버들. 화면 속에선 청량한 그림으로 비쳤지만…….

'와아아아아악!'
'내 머리에 뿌리지 말라고!'
'차도영 잡아!'

그때의 해프닝을 버젓이 기억하는 탑보이즈는 차마 웃음을 삼킬 수 없었다.

"푸흡."

"켁… 켁!"

간신히 참고 있던 상준은 앞으로 고꾸라지며 도영을 힐끗 돌아보았다.

"얘가 저거 장난 아니게 뿌렸는데."

"아니, 영상미를 위해서지."

"네가 그때 토핑이랬잖아."

"…제가요?"

망할.

피자 토핑 한답시고 유찬의 물감까지 뺏어서 머리 위에 뿌린 사람이 누구더라.

'심지어 내가 왜 피자야.'

상준은 험난했던 촬영을 떠올리며 혀를 찼다.

이 색이 바로 설렘일까

So many colors

나는 이 색의 홍수에 빠져 버렸어

여러 색의 물감들을 한데 섞으니 검은색이 되어버리는 페인트 통과 전화를 받고선 구석에서 일어나는 유찬.

"크으, 연기 잘한다."

묘하게 굳어가는 화면 속 유찬의 표정을 포착한 도영이 감탄과 함께 박수를 쳤다.

"…조용히 좀 해주세요."

"아니, 칭찬인데?"

카메라 앞에서도 저리 살가운 모습을 감추지 못한다. 짧게 혀를 찬 선우는 다시 화면에 집중했다.

나는 궁금한 게 많아

What's happening here

노래에 맞춰 칼군무를 이어가는 멤버들.

새하얀 세트를 배경으로 해서일까, 탑보이즈가 입고 있는 의상이 한층 더 선명하게 느껴졌다. 안무를 익힌 지 얼마 되지 않앉을 때 찍은 영상임에도 수준급의 안무다.

이곳은 정상이 맞는 걸까

턱을 괸 채 정면을 바라보고 있는 선우를 마지막으로.

"크으, 잘 뽑혔다."

뮤직비디오가 끝나자마자 단체로 함성을 터뜨렸다.

"와아아악!"

"역시 대박인데?"

"다들 수고하셨습니다!"

그리고.

짧게 뮤직비디오 촬영이 끝나자마자, 자연히 얘기는 아까의
궁금증으로 흘러갔다.

"아까 그 소리는 뭐야?"

"말 그대론데."

상준은 머리를 긁적이며 아까의 불쾌한 눈빛을 떠올렸다. 단
순히 기분 탓일 수 있긴 하다만. 상준은 서 PD에게서 묘하게 익
숙한 느낌을 받았다.

'마이픽.'

이 PD의 싸한 눈길을 꼭 닮아 있었던 서 PD. 상준은 나직한
목소리로 불쑥 말을 던졌다.

"뭔가 이상하지 않아?"

"좋은 분 같은데."

"내가 이상한 데선 촉이 좋다니까."

상준은 피식 웃으며 말을 이었다.

"마이픽 때 기억 안 나? 나 이 PD 처음부터 딱 싸했잖아. 블랙빈 곡 배정했을 때부터."

"그 인간은 그 인간이고."

"에이."

사실 촉이라 치면 눈치 빠른 유찬이 한 수 위였다. 유찬은 상준의 어이없는 허세에 웃음을 터뜨리며 일침을 가했다.

"형, 그건 그렇다 치고. 태헌이 형 처음에 인상 어땠어."

"……."

맞다.

상준은 눈살을 찌푸리며 태헌의 첫인상을 떠올렸다. 지금이야 둘도 없는 연예계 동갑내기 친구로 잘 지내고 있지만 첫인상은 결코 달갑지 않았다.

"싸가지 없는 알콜 꼰대."

"맞지?"

유찬은 고개를 까닥이며 속사포로 말을 쏟아냈다.

"봐봐, 형 눈이 믿을 게 못 된다니까?"

"이번 한 번만 믿어봐."

"그래서 어쩔 건데. 방송 안 나가려고?"

유찬의 한마디에 상준의 말문이 막혔다. 다른 거면 몰라도 고작 기분 때문에 스케줄을 펑크 낼 상준이 아니다. 상준은 한숨을 내쉬며 머리를 긁적였다.

"그건 아니지만……."

신인이 그렇게 영향력 있는 PD의 프로를 딱 잘라 거절하기엔 애매했다. 더욱이 대기실까지 들러서 대화한 사이인데 아무런 이유 없이 쳐낸다면 싸우자는 소리나 다름없는 결정이었다.

"우리, 고정도 아니고 그냥 패널로 잠깐 나오는 거잖아."

"어?"

그때, 조승현 실장에게서 건네온 문자를 확인한 송준희 매니저가 다가왔다.

"아, 너네 출연진도 나왔다."

아까부터 미묘한 상준의 촉 이야기를 듣고 있었던 그였다. 안심하라는 듯 출연진을 보여주는 송준희 매니저의 손이 빠르게 움직였다.

"어, 출연진이 이렇게 되네."

"강주원 선배님 계시는데?"

"출연진도 좋네. 임하경 선배도 계시고."

출연진까지 딱히 걸릴 사람이 없다. 실제로 출연진 중에 마음에 안 맞는 사람이 있다면 바꾸거나 출연을 꺼리는 경우도 있지만. 사실 그것도 어느 정도 짬이 있는 그룹에게나 해당하는 얘기였다.

"좋네."

탑보이즈는 아직 그럴 짬도 없지만 그럴 이유도 없었다.

다 좋은 분들이었거나 TV에서 호감을 가지고 있던 사람들이었으므로.

그렇게 모두가 만족하고 있던 순간.

"…눈이 이상하다니깐."

상준만이 작게 중얼거리며 불안감을 떨쳐낼 뿐이었다.

*　　　　　*　　　　　*

"자, 다들 준비해 주세요!"

"이쪽 카메라 확실히 세팅됐어요?"

사람들의 말소리로 분주한 스튜디오 안. 상준은 사방을 둘러보며 사람들을 살폈다. 여전히 불안함이 가시진 않았지만 이미 방송 당일이 되어버린 뒤였다.

"질문은 거의 다 감 잡았고."

토크쇼인 데다 게스트의 비중이 꽤 높은 프로그램이었기에 미리 예상 질문들도 주어졌다. 크게 벗어나는 일도 없다 하니 예상보다 일이 수월하게 풀리고 있었다. 제법 걱정하던 상준도 방송 직전 다시 한번 대본을 훑어나갔다.

"신인들이니까 각자 컨셉 확실하게. 눈도장 찍을 수 있게 해봐요. 알았죠?"

"네, 알겠습니다!"

"잘 부탁드립니다!"

웃으며 이야기를 전하러 온 스태프에게 힘찬 인사를 건네는 탑보이즈. 각자 주어진 컨셉에 충실하게 오늘의 방송을 진행할 계획이었다. 이미 사전 미팅을 통해 각자 멤버들이 돋보일 수 있는 스타일을 분석해 둔 제작진이다.

"대충 이런 느낌으로 하면 되는 건가?"

제현은 메모까지 해가며 두 눈을 반짝이고 있었다. 어딘가 어설프고 순수한 막내를 담당하는 제현. 오늘의 컨셉을 숙지한 제현이 상준에게 물어왔다.

"형, 어설픈 건 어떻게 해야 할까?"

"어, 그냥 너처럼 하면 돼."

"엉?"

"열심히 하라고."

"아, 아……?"

뭔가 좀 이상한데.

제현은 고개를 갸우뚱거리며 묘한 기분에 빠졌다.

'방금 욕 같았는데.'

그건 둘째 치고 다시 컨셉에 집중해야 한다. 제현은 제작진이 짜둔 질문을 보며 열심히 대답을 구상하기 시작했다. 도영 역시 제작진이 건네준 조언에 집중하고 있었다.

"넌 뭔데?"

"당돌한 신인?"

워낙에 당차고 에너지가 넘치는 도영이기에 제법 어울리는 컨셉이었다. 몇 번의 사전 미팅으로 멤버들의 성향을 정확히 파악하고 컨셉을 짠 모양이었다.

"약간 틱틱대면서 들어가면 되는 건가."

"그렇게 하면 된다는 거 같은데."

제작진의 설명을 곱씹어보던 도영은 자신 있다는 듯 고개를 까닥였다. 그 순간, 아까 뛰어나갔던 스태프가 다시 들어왔다.

"이미지는 확실하게 잡아줄 테니까 기죽지 말고 잘하면 돼요. 알았죠?"

"네, 자신 있어요!"

"파이팅!"

도영은 해맑게 웃으며 파이팅 넘치게 손을 흔들어 보였다. 공중파 예능방송이라 걱정은 되지만 준비는 워낙 철저히 했으니 걱정될 게 없었다.

"내가 또 철판 깔고 이런 건 잘하지."

"그건 맞다. 도영이가 예능은 장난 아니지."

도영은 상기된 얼굴로 상준의 어깨를 툭툭 쳤다.

"형, 나 예능 스타일이라니깐."

즐겁게 떠들어대는 멤버들의 모습을 물끄러미 바라보며, 상준은 또다시 이상한 직감을 느꼈다. 상준은 인상을 찌푸리며 허공을 바라보았다. 짙은 녹색의 책이 허공을 둥둥 떠다니고 있었다.

「절대자의 감각」.

지난번 서 PD와의 만남 이후로 영 불안해서 이 책을 대여했건만.

'여전히 그러네.'

왜일까. 상준은 여전히 불쾌한 기분을 지울 수가 없었다. 아니, 오히려 이 재능으로 하여금 더해진 기분이었다. 상준은 고개를 세차게 내저으며 멤버들을 돌아보았다.

'잔뜩 신나 있으니 말릴 수도 없고.'

상준은 그러려니 하며 어색한 미소를 흘렸다.

'기왕 온 거면 잘해보자.'

서 PD의 새 프로 「스타 토크쇼」. 여느 토크쇼가 그렇긴 하지만 유독 게스트를 까는 비중이 높았던 방송이었다. 거침없는 발언과 공격적인 질문들 탓에 신인이 하긴 버거울 수 있는 방송 스타일이지만, 그만큼 시청률은 고공 행진 중이었다.

시청률과 영향력 덕에 많은 연예인들이 워너비로 꼽고 있는 토크쇼. 이런 곳일수록 정신을 똑바로 차려야 한다. 그렇게 상준이 다짐하며 침을 삼키던 순간.

"자, 시작할게요."

탁.

슬레이트 소리와 함께 출연진들의 두 눈이 반짝였다.

"떠오르는 신인이죠. 요즘 음원차트를 휩쓸고 있는 강자들이 스튜디오를 찾았다는데요. 다들 환영해 주시죠!"

"와아아악!"

강주원의 부드러운 진행과 함께 준비된 자세로 앉는 탑보이즈.

'무난했다.'

정식 인사까지 무사히 마친 데다 아직까지는 큰 실수가 없었다.

"이번 컴백 때 힘들었던 점 있었어요?"

"안무가 워낙 빡세서 힘들었지만 준비하는 과정은 너무 즐거웠습니다."

"가장 자신 있는 파트가 뭐예요?"

"저는 랩입니다!"

"에이, 선우 씨, 보니까 영화도 찍고 있던데. 이거 나중에 아이돌이 아니라 배우 할 거 같은데."

"아이, 아닙니다. 진짜로."

제법 화목한 분위기. 중간중간 강주원이 농담도 넣어가며 분위기를 띄운 덕에 굳어 있던 탑보이즈도 금세 자연스레 대화에 녹아 들어갔다. 상준은 의외의 분위기에 두 눈을 크게 떴다.

'아무 일도 없는데?'

걱정했던 것과 달리 너무도 잘 풀리고 있다.

상준은 안도의 한숨을 내쉬며 그제야 경직되어 있던 어깨를 풀었다.

"차도영 씨."

그때였다.

줄곧 입을 닫고 있던 한 사람.

「스타 토크쇼」의 돌직구를 담당하고 있는 김동민 아나운서가 천천히 입을 뗐다.

"내가 뭐 좀 하나 물어봐도 돼요?"

*   *   *

"탑보이즈에서 가장 댄스를 잘하는 멤버는 누구라고 생각해요?"

"아."

예상 질문에 있던 내용이라 도영은 크게 당황하지 않았다. 도영은 제작진이 했던 말을 떠올렸다.

'최대한 당당하게, 캐릭터 알죠?'

그 말을 되짚으며 도영은 자신감 넘치는 얼굴로 말을 던졌다.

"저죠. 제가 메인 댄서 아니겠습니까."

"크으, 자신감이 넘치네요."

"그럼 강주원 씨랑 비교했을 때 본인의 댄스 실력 어떤 거 같아요?"

예상하지 못했던 질문.

도영은 잠시 멈춰 서서 강주원을 돌아보았다. 2세대 아이돌로 핫

했던 강주원이다. 지금은 비록 예능 위주로 활동하고 있지만 무시할
수 있는 경력은 아니기에, 고민하던 도영은 조심스레 말을 뱉었다.

"그야 당연히 선배님이⋯⋯."

"에이, 이러면 재미없지. 솔직하게. 아이, 참. 신인들이라 예능
을 모르네."

김동민 아나운서가 혀를 차며 능글맞게 말을 뱉었다.

"아."

'이게 아닌가?'

공중파 토크쇼 경험이 없던 도영은 당황한 기색이 되었다.

'틱틱대더라도 좀 자신있게. 확실히 캐릭터를 살려야지, 안 그러
면 쓸 그림이 없다니깐.'

도영은 서 PD의 말을 떠올리며 침을 삼켰다. 여러 번의 사전미팅
으로 제작진들과 함께 구상해 둔 캐릭터였으니 확실히 밀고 나가야
한다. 판단을 마친 도영의 입에서 자신감 넘치는 말이 흘러나왔다.

"아, 이제는 제가 따라잡은 거 같습니다."

"강주원 씨가 한물갔다?"

"아니, 근데 강주원 씨가 댄스 포지션은 아니긴 했죠."

"저 형 몸치라니깐."

강주원은 두 눈을 동그랗게 뜨며 억울하다는 듯 김동민 아나
운서의 말에 받아쳤다.

"제가 몸치라뇨. 이건 좀 억울한데."

"지금 후배가 한물갔다고 인정했잖아요. 솔직히 합시다."

"푸하하."

"아니, 너무하네 다들."

엄청난 텐션으로 쏟아지는 말들에 도영은 잠시 멍한 얼굴이 되었다. 그 탓에 굳은 도영의 얼굴을 카메라가 빠르게 클로즈업했다.

"자, 강주원 씨 한물간 얘기는 여기까지 하고. 게스트 왔는데 단체로 개인기나 보여줍시다."

"네, 저희가 준비한 게 있는데요."

주고받는 멘트들과 함께 열이 오른 촬영장.

그나마 예능 경험이 많은 상준과 선우가 자신 있는 얼굴로 앞으로 나섰다.

"단체 줄넘기예요."

"워후, 단체 줄넘기!"

잠시 정신을 놓았던 도영은 다시금 신난 얼굴로 방방 뛰었다.

김동민 아나운서가 상기된 얼굴로 설명을 이었다. 깔끔한 진행과 전달력 있는 목소리로 그가 내놓은 게임 룰은 다음과 같았다.

"이거 열 번 뛰는 거 성공하면 치킨 준답니다, 제작진이."

"와아아악!"

"헉, 진짜 치킨이요?"

"생닭은 아니죠?"

이미 한 번 데여본 선우가 닭의 요리 여부를 물어왔다. 강주원은 깔깔대며 당연하다는 듯 말을 뱉었다.

"아니, 얘들아. 설마 생닭을 주겠니."

"애들이 참 순수하네요."

"자, 시작합니다!"

임하경의 또렷한 한마디와 함께.

삐익—.

휘슬이 불렸다.

"으어어, 형, 이 앞으로 들어와."

"나?"

"아니, 선우 형!"

치킨이 걸린 탓에 가뜩이나 승부욕이 뛰어났던 멤버들은 그야말로 난리가 났다. 엄청난 집중력으로 넘어가는 줄넘기만 확인하며 악착같이 뛰던 멤버들. 그때, 김동민 아나운서가 휘슬을 다시 불었다.

"에?"

"도영이가 한 박자 늦게 들어갔어."

"네?"

"다시, 다시."

곧바로 들어가라는 말도 없었는데 갑자기 트집이라니.

"얘들아, 원래 예능의 세계는 냉정한 거야."

예능에 서툰 신인을 놀리려고 내뱉은 말이었지만, 도영은 억울하다는 듯 말을 뱉었다.

"아니, 너무해요. 그런 게 어딨어요!"

"한 번 기회 더 줄게요."

"아, 감사합니다."

이어지는 김동민 아나운서의 말 한마디에 곧바로 태세가 변하는 도영. 생글거리며 진심으로 행복해하는 모습에 강주원이 못 말린다는 듯 웃음을 터뜨렸다.

"하여간 애들이 참 해맑아."

"하나, 둘, 셋… 넷!"

땅이 울릴 정도로 진지하게 줄넘기를 하고 있는 모습이라니.

그렇게 장장 3시간에 걸친 촬영이 끝나고.

임하경은 강주원과 함께 미소를 지으며 걸어왔다.

"아, 오늘 아주 재밌게 잘했어요."

"다들 센스가 있네."

"감사합니다!"

줄곧 냉정한 질문을 쏟아냈던 김동민 아나운서도 웃으며 말을 얹었다.

"다음에 또 오고."

처음에는 어색했지만 금세 즐겁게 참여할 수 있었던 오랜만의 공중파 예능이다. 화목한 분위기에서 잘 마무리된 방송.

그런데.

"이… 이게 뭐야?"

문제는.

방송이 나간 다음 날이었다.

*   *   *

「탑보이즈 도영 인성 논란? 인성인가, 예능 컨셉인가?」

「선 넘은 방송 '스타 토크쇼' 차도영 태도 논란」

「'태도 논란' 탑보이즈 도영이 누구?」

「차도영, '강주원은 한물간 아이돌'」

—ㅋㅋㅋㅋㅋ선배들한테 바락바락 대드는 거 봐라

ㄴ그래서 얘네가 누군데?

ㄴ듣보잡

ㄴ탑보이즈라니⋯⋯. 팀명조차 구려⋯⋯.

ㄴ그만해라 애들 울겠다

ㄴ아니 음원차트 1위 하는 애들한테 듣보잡이라니. 정말 어이가 없네요;;

ㄴㅋㅋㅋㅋㅋ팬들 몰려온다

—예전부터 목소리만 크고 너무 까불거려서 내가 싫어하는 스탈임 ㅇㅇ

ㄴ인성이 좀 덜된 듯

ㄴ요즘 아이돌은 인성 보고 안 뽑나 애들이 이상한 애들이 왜 이리 많아;;

ㄴ원래 다 그렇지 뭐ㅋㅋ

ㄴ싸가지 겁나 없네

—하나 보면 열을 안다고. 솔직히 이제부터 쟤 나오는 프로는 믿고 걸러도 되는 건가?

ㄴ22

ㄴ원래부터 느낌이 조금 싸하긴 했다. 마이픽 때부터

ㄴ마이픽은 갑자기 왜?

ㄴ그냥?

ㄴㅋㅋㅋㅋㅋ그냥ㅋㅋㅋ

─강주원이 네가 그렇게 무시할 짬이 아니란다

ㄴ에휴 요즘 애들이 멀 알겠냐

ㄴ라떼는 강주원 개쩔었는데

ㄴㅇㅈㅇㅈ

ㄴ일단 선배 상대로 저렇게 말하는 거 자체가 개념이 없는 거임

'아. 이제는 제가 따라잡은 거 같습니다.'

'아니, 너무해요. 그런 게 어딨어요!'

전후 사정은 모두 젖혀놓고 도영이 굳은 표정으로 대답하거나 화를 내는 부분만 잘라서 들어간 방송. 상준은 실시간 댓글을 확인하며 깊은 한숨을 내쉬었다.

방송이 나간 어젯밤부터 줄곧 실시간검색어에는 탑보이즈와 도영의 이름이 나란히 박혀 있었다. 다른 걸로 1위를 찍었으면 좋았겠지만 태도 논란으로 1위를 찍을 줄이야.

"후우."

촬영장의 분위기도 좋았던 데다, 최선을 다해 방송을 마치고 왔다고 생각했다. 상준은 서 PD의 눈빛을 떠올리며 깊은 한숨을 내쉬었다.

"도영이는?"

잔뜩 굳어 있는 상준에게 선우가 다가와 물었다.

"방에 있던데."

상준은 나직이 말을 던지며 문고리를 잡아당겼다.

철컹.

예상은 했지만 굳게 닫혀 있는 방문.

유찬이 걱정스러운 목소리로 말을 던졌다.

"쟤 폰부터 뺏어야 하는 거 아냐?"

상준 역시 걱정이 되는 건 마찬가지였다.

도영의 성격상 워낙 댓글을 신경 쓰는 녀석이다 보니, 지금도 쏟아지는 댓글들을 읽어 내려가고 있을 게 뻔했다.

"…큰일났네."

상준은 머리를 짚으며 고개를 천천히 내저었다.

그리고.

같은 시각.

난리가 난 건 JS 엔터 실장실 역시 마찬가지였다.

홍보 팀을 총동원해도 자꾸만 쏟아지는 기사들. 그럴싸한 가십거리를 주웠다고 생각한 연예부 기자들이 떼로 몰려들었다.

쏟아지는 기사를 따라 악플도 함께 늘어나고 있다. 조승현 실장은 지끈거리는 머리를 부여잡고서 깊은 한숨을 내쉬었다.

"아, 이거 어떡하지?"

사실 다른 것보다 도영이 가장 걱정되는 그였다. 겉으로는 밝아 보여도 단단히 상처 받았을 게 뻔했으니까. 조승현 실장은 걱정스러운 눈길로 송준희 매니저에게 물었다.

"도영이는 어떤 거 같아?"

"자고 있는 거 같습니다."

후우.

송준희 매니저 역시 굳은 얼굴로 고개를 숙이고 섰다. 아까 걱정스러운 마음에 탑보이즈 숙소를 들르긴 했지만, 도영의 얼굴을 보지 못하고 돌아온 그였다.

"괜히 나가자고 했나."

사실 해명 기사 몇 번 쏟아내고 활동하다 보면 잊힐 만한 사건이긴 하다. 되돌릴 수 없는 건 아티스트의 상처일 뿐. 조승현 실장은 죄책감을 느끼며 입술을 잘근 씹었다.

달칵.

조승현 실장은 고민 끝에 다시 홍보 팀 팀장에게 전화를 걸었다.

"허위사실유포 하는 놈들 강경 대응 하겠다고 기사 올려주시고요."

"아, 네."

"최대한 기사 막아주세요. 해명도 하고."

이렇게라도 막아볼 수밖에.

조승현 실장은 착잡한 심정으로 전화를 내려놓았다.

툭.

한동안 실장실 내로 침묵이 흘렀다.

*   *   *

"자, 다들 집중!"

"네엡."

"여기서 바로 동선 옮기면 되는 거죠?"

"어, 도영이가 바로 뒤쪽으로 들어가고 상준이가 앞으로 튀어나오면 돼."

"네, 다시 가볼게요!"

활동곡인 「어릿광대의 죽음」을 배우기 위해 안무 수업을 이어가는 탑보이즈 멤버들. 상준은 줄곧 도영의 표정을 살피며 눈치를 보고 있었다.

"상준아."

"아, 네."

그답지 않게 집중하지 않는 모습을 확인한 안무 선생님이 잠시 눈살을 찌푸렸지만 어쩔 수 없었다. 상준은 자꾸만 흐트러지는 정신을 가다듬은 채 다음 안무에 집중했다.

"이것도 엄청 빡세네요."

양팔을 옆으로 벌리고 한 발로 뛰는 안무.

안무 자체가 쉴 없이 이어져서 버거운 것도 있었지만 무엇보다 동선이 너무 다양해서 이어가기가 힘들었다.

"다들 잠깐만 쉬고 가자."

"네에!"

"어욱, 힘들어 죽겠다."

쉬는 시간이라는 소리에 곧바로 털썩 주저앉는 멤버들이다. 평상시라면 도영을 건드리며 농담을 주고받았을 유찬도 머쓱한 미소를 지으며 벽에 기댔다.

'어떡하지.'

일부로 도영은 내색을 하지 않는 거 같았다. 분명 힘들 텐데도 연습에만 열중하고 있는 모습. 상준은 안타까운 마음으로 입술을 깨물었다.

그 순간.

"어."

"매니저님?"

"잠깐만 나와봐."

불쑥 문을 열고 들어온 송준희 매니저가 상준과 선우를 향해 손짓해 보였다.

"무슨 일이에요?"

당사자인 도영을 차마 데리고 올 수는 없었기에, 맏형 라인인 둘을 데리고 온 송준희 매니저. 그가 탑보이즈를 끌고 간 곳은 JS 엔터 1층 사무실이었다.

"고소 건 진행하기로 했어."

"아."

"리더랑 맏형은 알아야 할 거 같아서."

송준희 매니저는 굳은 표정으로 말을 뱉었다.

도영을 위해 강경 대응을 결정한 JS 엔터였다. 해명 기사도 쏟아지고 있지만 아직 논란을 잠재우기는 역부족이다.

"이건 뭐예요?"

상준의 시선이 자연히 사무실 구석의 서류 더미로 향했다. 탁자 위에 있어서인지 탑만큼이나 높아 보이는 서류 더미다. 송준희 매니저는 어두운 표정으로 조심스레 말을 뱉었다.

"제보 들어온 악성댓글들 모아둔 거야."

"……."

송준희 매니저의 한마디에 사무실 내로 싸늘한 정적이 감돌았다.

모아두면 상준의 어깨까지 올 법한 두툼한 서류 뭉치들.

저 종이 안 빼곡히 한 사람을 향한 비난이 담겨 있다는 것이.

상준은 그 잔인함을 믿을 수가 없었다.

그리고.

그런 잔인함을 마주하고서도 아무것도 할 수 없다는 사실이 그를 더욱 무력하게 만들었다.

"하."

수북이 쌓인 서류들을 보며.

"개자식들."

상준은 주먹을 쥔 채 파르르 떨었다.

*   *   *

"얘들아?"

"…아."

"네?"

조승현 실장의 물음에 한 박자 늦은 대답이 돌아왔다. 「스타 토크쇼」 사건의 여파가 컸는지 다들 살짝 넋을 놓은 상태였다.

타닥.

불안함에 탁자 위를 손가락으로 치고 있던 도영이 천천히 고개를 들었다.

"원형석 선배님 쪽에서 제안이 들어왔거든."

조승현 실장은 소파에 털썩 앉으며 말을 건넸다.

「원형석의 뮤직스튜디오」.

탑보이즈의 데뷔 때 많은 도움을 받았던 프로그램이기도 했다.

"너희 컴백 기념으로 한 번 오라고 하시는데. 스케줄이 워낙 빡세서 어떻게 하고 싶어?"

사실 스케줄이 빡세지는 않았다. 「스타 토크쇼」 관련 기사가 물밀듯이 퍼지면서 캐스팅 제안도 절반이나 줄었으니. 그나마 있는 제안도 상준이나 선우, 다른 멤버들을 찾는 프로그램이 대부분이었다.

"……."

오히려 그걸 눈치챈 원형석이 탑보이즈를 위해 힘을 써준 모양이었다. 고마운 제안이었고 좋은 기억으로 남았던 프로그램이었다. 사실 그 자체로 놓고 보면 거절할 이유가 없었다.

하지만.

조승현 실장이 걱정하는 건 다른 이유에서였다. 관객들과 만나는 프로그램이다 보니 조심스럽게 꺼낸 말.

그 와중에도 도영은 도영답지 않게 어두운 표정을 하고 있었다.

골똘히 생각에 잠긴 듯 말이 없는 도영.

조승현 실장은 짧게 한숨을 내쉬며 말을 뱉었다.

"힘들면 안 나가도 돼."

진심으로 건네는 말이었다. 지금 누구보다 힘들 사람이 도영이라는 걸 알기에 굳이 출연을 강요하고 싶진 않았다.

"아."

그런 조승현 실장의 말에 도영은 흠칫 놀라며 고개를 벌떡 들었다.

"……."

워낙 스트레스를 받아서일까 잠시 정신을 놓고 있었다.

뒤늦게 알아차렸을 때는 모두들 자신을 향해 걱정스러운 시선을 보내고 있었다.

"죄송해요."

"아니, 죄송할 건 없고."

"정신을 놓고 있어서."

도영은 머리를 긁적이며 억지로 웃어 보였다.

「원형석의 뮤직스튜디오」라면 도영에게도 분명 좋은 기억이었다. 조승현 실장이 무엇을 걱정하는지는 알지만 자신 때문에 다른 멤버들에게 피해를 주고 싶진 않았다.

도영은 흐릿한 미소를 지으며 입을 열었다.

"저는 괜찮아요. 나가고 싶어요."

"전혀 안 괜찮아 보이는데."

상준과 선우는 걱정스러운 눈길로 말을 뱉었다.

평상시라면 별일 없다며 생글거렸을 도영이 유독 어두워 보인다. 거의 1년을 낮이나 밤이나 함께해 온 멤버들이니 그걸 모를 리가 없었다.

표정만 봐도 안다.

"진짜 괜찮아요, 저."

도영이 전혀 괜찮지 않다는 것을.

*   *   *

"후, 너무 떨린다."

"그렇게 떨려? 음악방송 처음도 아니면서."

조승현 실장은 걱정스러워하며 말렸지만 도영의 바람을 꺾을 수는 없었다. 그렇게 출연이 결정된 「원형석의 뮤직스튜디오」.

세 팀의 가수들이 출연하는 탓에 탑보이즈는 30분만 무대를 선보이면 되는 상황이었지만, 도영은 그답지 않게 무척이나 떨려 하고 있었다.

"거의 신인상 발표 때보다 더 떨려하는 거 같은데."

"그러게. 유독 떨리네."

그 사건이 있고서 처음으로 팬들을 마주해야 하는 상황이다. 자신이 무대를 섰을 때, 사람들이 어떤 눈길로 자신을 바라볼지. 도영은 그게 걱정되어서 미칠 것 같았다.

"물부터 마시고."

"어, 고마워."

도영은 거친 숨을 몰아쉬며 물을 삼켰다.

"……."

잔뜩 긴장한 기색의 도영.

상준은 그런 도영의 모습에서 우진을 떠올려 냈다.

「어릿광대의 죽음」을 우진이 작곡해 내기 일주일 전의 기억.

"선배님……?"

우연히 우진의 작업실을 들렀던 상준은 그가 야심차게 준비했던 곡을 들을 수 있었다.

"노래 좋네, 이거."

"후, 다행이다."

상준에게 노래를 평가받고 부족한 점을 보완하는 게 일상이 된 우진이다.

"너는 너 알아서도 잘한다니깐."

"에이, 그래도 봐주시면 마음이 편해서요."

이미 우진은 그 자체로 상준의 재능을 뛰어넘은 인재였다. 상준이 거듭 그렇게 말했음에도 우진은 여전히 상준을 졸졸 따라다니고 있었다.

"이번에도 노래야 뭐, 기대 이상이고."

상준은 피식 웃으며 우진에게 말을 던졌다.

"근데 이거 무슨 내용이야?"

평상시에 우진이 작곡했던 노래와는 묘하게 다른 스타일이다. 독특한 곡의 분위기에 자연히 상준의 관심이 그쪽으로 쏠렸다. 우진은 잠시 고민하더니 말을 뱉었다.

"좀 어두운 내용이거든요, 사실."

"음, 노래랑은 다르네."

오묘한 분위기 속에 녹아들어 간 음울함. 상준은 우진의 설명에서 그 음울함의 정체를 알 수 있었다.

툭.

"이게 뭐야?"

우진은 불쑥 얇은 책 한 권을 건넸다.

짙은 숲속의 배경과 함께 박혀 있는 커다란 제목.

「어릿광대의 죽음」.

"동화예요. 잔혹 동화."

"아, 여기서 영감을 얻은 거였어?"

"네. 스토리가 마음에 들어서요."

상준은 고개를 까닥이며 그 자리에서 책을 읽어나갔다.

잔혹 동화라는 우진의 설명대로 짤막한 글귀 속에 슬픈 이야기가 서려 있었다.

서커스를 보여주던 어릿광대.

'이건 할 수 있나?'
'이 정도는 배웠을 거 아냐.'
'와, 대박인데.'

처음에는 사람들이 원하는 것들을 보여주며 즐거워하지만 점차 그 사람들에게서 즐거움을 강요받게 된다. 본인을 해치면서까지 서커스를 보여줘야만 했던 어릿광대.

"……."

자신을 향해 손가락질을 하는 사람들을 피해, 어릿광대는 숲 속으로 도망치기로 마음먹는다.

"아."

상준은 책의 마지막 구절을 읽으며 짧은 탄식을 뱉었다.

「어릿광대는 아무도 모르는 숲으로 들어가 버렸답니다.」

마지막을 함께하고 싶지 않아
나는 이제 숨어버릴래

"그래서 이런 가사가……."

노랫말을 이해한 상준이 나직이 중얼거리자 우진이 물어왔다.

"…어때요?"

탁.

우진의 물음에 상준은 책을 덮으며 자리에서 일어났다.

"되게… 되게 묘한 노래다."

우진이 들려주었던 곡과 책의 내용을 곱씹어보니, 생각할수록 묘한 기분이 들었다. 우진은 흐릿한 미소를 지으며 상준의 말에 답했다.

"그렇죠?"

상준은 고개를 끄덕이며 나직이 말을 뱉었다.

"…별로 남의 얘기 같진 않네."

*　　　　*　　　　*

"와아아악!"

관객석 곳곳에서 튀어나오는 함성.

상준은 이 프로그램을 처음 찾았을 때를 떠올리며 자리를 잡았다.

'그때는 참 떨렸었는데.'

신인에게 쉽게 주어지지 않을 기회라 생각하며 최선을 다했던 것 같다. 물론 지금 역시 그때와 마찬가지로 떨리지만.

'잘해야 할 텐데.'

오늘의 걱정은 다른 쪽을 향해 있었다. 상준은 안타까운 눈길로 도영을 힐끗 돌아보았다.

그 순간.

익숙한 전주가 노래의 시작을 열었다.

「어릿광대의 죽음」.

"와아아악!"

전주와 동시에 점점 사그라드는 함성 소리.

상준은 두 눈을 가리는 동작을 취하며 천천히 앞으로 걸어 나갔다.

어둠뿐인 숲속을 지나
도망쳐 온 이곳
검은 눈동자 속에
나는 여전히 파묻혀 있어

작업실에서 봤던 동화의 내용을 떠올리며, 상준은 최대한 서글프게 감정을 담아냈다. 밝게 느껴지는 피아노 음과 정반대를 달리는 상준의 감정선.

'신기하다.'

좁은 무대 위지만 숲속을 걷는 듯 묘한 분위기를 자아낸다.

벗어날 수가 없어서
떠밀리듯 다다른 이곳
수많은 시선들 속에
나는 여전히 머물러 있어

또각또각.

말발굽 소리처럼 느껴지는 드럼 비트가 점차 거세게 몰아붙였다. 그와 동시에 멤버들의 동선도 빠르게 움직였다.

단체로 진심을 다해 펼치는 무대. 멤버들의 목소리가 조화를
이루며 한 편의 동화를 써내려 갔다.

나는 버려져도 아무렇지 않아
모두가 나를 외면해도
It will be alright
나는 이제 숨어버릴래

상준이 가만히 앉아서 천천히 읊었던 「어릿광대의 죽음」 가사.
상준은 그 가사 속에서 우진이 전하고 싶던 이야기를 눈치챘다.
밝은 멜로디임에도 이 노래가 서글프게 느껴졌던 이유도.

'별로 남의 얘기 같진 않네.'

대중들 앞에 서야 하는 직업.
그들을 즐겁게 해야 하는 직업.
상준은 단 한 번도 이 직업에 있어 서글펐던 적이 없었다.
하지만, 얼굴도 모르는 이들이 자신을 난도질해도.
제멋대로 재단하고 무시해도.
아무것도 할 수 없다는 사실에, 상준은 처음으로 서글퍼졌다.

지금 이 시간을 잠깐만 멈춰줘
마지막을 함께하고 싶지 않아
It will be alright

나는 이제 숨어버릴래

단체로 천천히 뒤로 빠지는 멤버들.

쉼 없이 몰아치던 하이라이트 파트가 끝나고 노래는 2절로 넘어갔다.

도영의 단독 파트.

"……."

도영은 뿌연 안개를 헤치며 천천히 앞으로 걸어 나왔다.

애달픈 도영의 목소리로 들어가는 2절의 도입부.

도영은 감정을 잡은 채 천천히 입을 뗐다.

아무것도 모르던
그때 그 소년으로

지금의 자신을 너무도 잘 담아내고 있는 가사.

모두가 비웃어도 홀로 노래 부르던
나로 돌아가고 싶어

그 가사를 천천히 곱씹으며 뱉어내던 도영의 눈가에 순간 눈물이 차올랐다.

"…뭐야?"

"우는 거야?"

"그런가 본데?"

그와 동시에 술렁이기 시작한 관객석.

처음에는 그저 감정을 잡으려고만 했을 뿐인데.

'뭐야.'

도영을 돌아본 상준은 당황한 기색으로 안무를 이어갔다.

"흐윽……."

결코 참지 못하고 흐느끼는 도영.

It will be alright

It will be alright

괜찮을 거라 외치는 노래 가사와는 달리, 지금 도영은 괜찮지 않았다.

'그래서 쟤가 누군데?'

'지가 무슨 대단한 아이돌인 줄 아네.'

'저렇게 싸가지 없는 놈이 무슨 아이돌을 한다고.'

화려하게 빛나는 스타를 꿈꿨다.

그 이면에 어떤 일들이 있는지 모르는 건 아니었지만.

"……."

버틸 수 있을 거란 자신과는 달리 도영은 빠르게 무너져 가고 있었다.

'공인이잖아.'

'어차피 얼굴 팔고 나오는 거 아냐?'

연예인이라고 해서 말 한마디 한마디에 회자되고, 비난받고 재단당해야 하는 현실이 과연 당연한 걸까.

도영은 문득 의문이 들었다.

나는 당신들에게 즐거움을 주지만.

욕할 권리를 준 건 아니라고.

It will be alright
It will be alright

누군가는 무대 위에서 우는 모습을 보고 또 욕할지도 모르겠지만. 도영은 차마 지금의 감정을 주체할 수 없었다.

단지 멈추지 않을 뿐이었다.

'이게 내가 할 수 있는 최선이니까.'

두 뺨에 눈물이 흘러내리는 와중에도 숨이 차오르는 안무를 이어가는 도영. 잠시 당황한 기색으로 도영을 돌아보던 멤버들도 다급히 동선을 맞췄다.

"와."

한 편의 드라마처럼 서글픈 무대다.

내막을 알고 있는 송준희 매니저의 두 눈에도 어느덧 눈물이 고였다.

"하."

어떤 심정으로 도영이 저 무대 위에 섰을지 알기에.

죽어라 눈물을 참으면서 저 무대를 포기하지 않고 있다는 걸 알기에.

모순적이게도 밝은 멜로디와 함께.

도영이 천천히 뒤돌아섰다.

좀 더 화려한 무대를, 좀 더 완성도 있는 무대를 바랐지만.

"나는 이제… 숨어버릴래……."

도영은 울먹이며 무대를 마쳤다.

"……"

그게 도영이 할 수 있는 최선이었다.

*　　　　*　　　　*

「원형석의 뮤직스튜디오」 방송이 나가고 댓글창은 완전히 뒤집혔다. 의도하진 않았지만 도영의 진심 어린 눈물이 통한 걸까. 여론은 하루아침에 바뀌어 버렸다.

거기다가 「스타 토크쇼」 제작진의 익명 폭로글까지 올라오면서 도영의 태도 논란은 빠르게 수습됐다.

「'스타 토크쇼' 익명 제작진의 폭로, '악마의 편집 있었다' 해당 촬영 영상 게시해」

「'스타 토크쇼'의 억울한 희생자, 탑보이즈 도영은 누구?」

「'스타 토크쇼' 서 PD가 지시했던 악편. 연예계에 끊이지 않는 악편 논란」

「'원형석의 뮤직스튜디오' 무대 도중 차도영이 보인 눈물」

언제는 도영을 저격하는 기사를 쏟아내던 기자들이 이제는 입장을 바꾸어 도영의 억울함을 토로하고 있었다.

'참 사람들은⋯⋯.'

상준은 씁쓸한 미소를 지으며 하단에 달린 댓글들을 확인했다.

─아니, 애가 얼마나 억울하면 무대했을 때 울었겠냐고ㅠㅠ

└하여간 중립 기어 박으라니깐.

└처음부터 나는 악편 알아봤다. 방송국 놈들한테 한두 번 당하는 것도 아니고 ;;

└진짜 화난다 죄 없는 애들만 욕먹은 거 아냐?

└아무것도 모르면서 물어뜯은 너네들도 잘한 거 하나 없잖아ㅋ

─겨우 어린 애 붙들고 다들 무슨 자격지심인지. 하여간 남 잘되는 꼴을 못 보지

└ㄹㅇ 이게 맞다

└뭘 그리도 잘못했냐고 ㅋㅋㅋㅋ

└장면 하나 편집된 걸로 죽을 듯이 덤비는 거 보면서 나는 생각하는 걸 포기했다.

└SBC는 해명해라!

└해명문은 올라왔던데? 사과문이 아닐 뿐 ㅋㅋ

└앞으로는 주의하겠다가 전부라니 에휴

─그러니까 결론은 서 PD가 애 매장시키려 한 거 아니냐

└연예인은 이미지가 생명인데

└당장 지난 주만 해도 다들 몰려와서 욕했잖아 ㅋㅋㅋ

ㄴ촬영 당시 장면 보니까 욕할 부분 하나도 없던데;; 진짜 교묘
하게 편집했더라

　　ㄴㅇㅈㅇㅈ

　　ㄴ222

"후우."

상처받은 마음이 가시진 않겠지만 이쯤에서 정리된 것이 차라
리 다행이었다. 조승현 실장은 안도의 한숨을 내쉬면서도 싸늘
하게 말을 뱉었다. 제작진의 폭로가 없었더라면 또 여론이 안 좋
은 쪽으로 흘렀을지도 모르는 일이었다.

'루머는 아무 이유 없이 만들어져도.'

해명은 근거 없이 받아들여지지 않으니까.

"일단 전부 선처 없이 강경 대응 할 거야."

"네."

"어차피 이제 와서 사과한다 한들 반성할 자식들도 아니니까."

조승현 실장은 커피 한 모금을 홀짝이고선 입가에 조소를 머
금었다. 한 사람의 이미지에 타격 입힐 짓을 저질러 놓고서도 그
저 미안하다 사과 한마디가 전부인 세상.

"미안하다."

조승현 실장은 쓴웃음과 함께 말을 뱉었다.

도영은 고개를 저으며 조금은 후련해진 얼굴로 웃었다.

"실장님이 왜요."

"…못 지켜줘서?"

툭.

조승현 실장은 커피잔을 내려놓으며 천천히 고개를 들었다. 그의 눈가에는 진심 어린 미안함이 서려 있었다.

　"딴건 몰라도 내가 약속했잖냐."

　그건 도영을 처음 이 엔터에 데려왔을 때 조승현 실장이 건넸던 말이었다. 은수의 그늘에서 힘들어하는 게 느껴졌던 도영.

　사실 처음부터 도영이 자신감 넘치는 연습생은 아니었다. 부모님의 기대 탓에 억지로 JS 엔터에 들어왔던 도영에게 그가 했던 말.

　'나는 너를 데뷔시켜 줄 수 있는 사람은 아냐. 그럴 위치에 있는 인간이 아니란 소리야.'

　'알아요, 제가 잘해야 하는 거니까.'

　'대신.'

　내가 맡은 아티스트는 지켜주겠다고.

　적어도 그 꿈을 포기하진 않게 도와주겠다고.

　조승현 실장은 그때의 일을 떠올리며 피식 웃음을 흘렸다.

　"그걸 아직까지 기억하고 계세요?"

　도영은 놀란 눈으로 조승현 실장을 올려다보았다. 본인 스스로 떠올려 놓고선 금세 얼굴이 달아오른 조승현 실장이다.

　"술 마시고 한 말이라서 잊어보려고 했는데. 크흠."

　"푸흡."

　"와, 실장님 감성적인 분이셨네요."

　이때다 싶었는지 두 눈을 반짝이며 메모하는 제현.

　"지켜준다… 메모……."

조승현 실장은 너털웃음을 터뜨리며 혀를 내둘렀다.

"난 요즘 쟤가 무섭더라."

"제현이가 너무 똑똑하긴 하죠."

"의외의 면에서 똑똑해."

조승현 실장은 도영을 돌아보며 나직이 말을 뱉었다. 겉으로 보기엔 저리도 즐겁게 웃는 듯해 보이지만 그 속은 알 수 없었으니까.

그래서 더욱 조심스러울 수밖에 없었다.

"괜찮아?"

"아, 네. 뭐."

사실 해명 기사가 올라왔다고는 해도, 스태프 폭로 글이 올라오기 전까지는 큰 관심도 받질 못했다. 그 와중에 한층 힘들었을 도영을 생각하니 더 마음이 아파왔다.

상준 역시 그 마음을 알기에 고개를 끄덕이며 입을 열었다.

"사람들이 그래. 멋대로 판단해 놓고선 해명은 들으려 하지 않아."

"그렇지."

"자극적인 것만 보니까. 그런 거만 듣고 싶어하니까."

이번 일로 확실히 느낀 바였다.

도영은 상준의 말에 공감하며 두 눈을 천천히 감았다. 잠시 고민하던 그의 입에서 단호한 한마디가 흘러나왔다.

"그런데, 이젠 괜찮아졌어."

"어?"

이제는 단단해져야 한다. 공인이라는 이유만으로 물어뜯는 이들이 결코 잘한 건 아니지만, 공인이기에 부정할 수 없는 사실.

"앞으로도 이런 일이 많을 테니까."

수없이 많을 터였다.

셀 수 없을 만큼.

그리고 무엇보다.

도영은 웃으며 나직이 말을 뱉었다.

"…나는 이 일을 좋아하니까."

*   *   *

미니앨범 활동이 끝이 나고, 몰아치던 스케줄에 바빴던 탑보이즈에게도 쉴 시간이 왔다. 데뷔 이후로 거의 휴식 없이 달려온 탑보이즈에겐 꿀 같은 휴식이었다.

"어으, 한가하다."

선선한 바람을 두 뺨으로 맞으며 도영은 기지개를 켰다. 산책 삼아 JS 엔터 앞을 잠시 나온 그들이다. 유찬은 고개를 끄덕이며 말을 얹었다.

"확실히 휴식기인 게 실감 나긴 하네."

벌써 3개월이다. 미니앨범 「ASK」의 수록곡 활동까지 좋은 성적으로 마무리하고, 어느새 시간은 흘러 6월 중순이 되어버렸다.

상준은 하늘을 올려다보며 작게 중얼거렸다.

"나는 이때가 항상 불안하더라."

상준의 중얼거림을 들었는지 유찬이 물어왔다.

"왜?"

"활동이 끝나면 그렇잖아."

워낙 열정이 넘쳐 흐르는 상준이다. 무대 위에서 열정을 쏟아내고나면 주어지는 휴식도 왠지 모르게 불안하게 느껴지는 그였다.

"무대 위에서 살다시피 하다가도, 어느 순간 닿지 않을 정도로 멀어진 것 같아서."

꿈 같은 재능을 얻어서 데뷔했기 때문일까.

이 재능이 자신의 것이 아니라며 불안해했었던 상준이다. 그렇기에 매 순간에 최선을 다했고. 이미 이뤄낸 꿈이지만 한순간도 놓고 싶지 않다.

'무대에 서고 싶다.'

잠시 쉬는 동안에도 무대를 갈망하는 걸 보니, 자신은 어쩔 수 없이 천직인 모양이었다.

제법 더워진 날씨. 상준은 푸르른 하늘을 올려다보며 불쑥 말을 뱉었다.

"우리 다음 주면……. 데뷔 1주년이던가?"

"맞네."

6월 21일. 탑보이즈의 데뷔 날짜가 어느덧 일주일 앞으로 다가왔다.

"그때 진짜 대박이었지."

"우리 뭐라도 제대로 된 거 해야 하지 않나?"

신이 난 얼굴로 상준의 옆에서 조잘대는 선우와 도영.

그때였다.

"어?"

후두둑.

갑자기 파란 하늘에 쏟아지기 시작한 비.

"으악, 일단 들어가."

"1주년이라고 질투하는 거 봐."

"아니, 그건 뭔 논리야!"

"으아아악!"

탑보이즈는 단체로 괴성을 내지르며 JS 엔터 안으로 뛰어 들어갔다.

*　　　　*　　　　*

"어, 다들 왔어?"

회의실로 들어서자마자 멤버들을 반갑게 맞이하는 조승현 실장. 상준은 비에 젖은 옷을 털어내며 고개를 끄덕였다.

"어우, 오는 길에 갑자기 비가 와서요."

"아이고, 무슨 일이래."

푸른 하늘에 난데없이 여우비라니.

조승현 실장은 너털웃음을 터뜨리고선 의자를 뒤로 젖혔다.

오늘은 오랜만에 중대 소식을 전하는 날이었다.

"너네 1주년, 알지?"

"네에!"

"그렇지 않아도 오는 길에 그 얘기 했는데."

유찬은 상준을 돌아보며 말을 뱉었다. 그냥 대강 넘어가기에는 워낙 큰 이벤트다. 조승현 실장 역시 같은 생각을 했는지 아이디어를 꺼내놓았다.

"홍보 팀에서도 말이 왔거든."

"네네."

"너네 1주년 기념으로 뭔가 이벤트를 했으면 좋겠는데. 다들 아이디어 있으면 내봐. 그쪽에서도 반영한다고 하니깐."

조승현 실장의 한마디에 단체로 고민에 빠졌다.

"1주년이라……"

쉽사리 낼 수 있는 의견이 아니다. 한참을 고민하던 유찬이 가장 먼저 손을 들었다.

"편지 쓰기 이런 거는 어떤가요? 너무 진부한가?"

"진부하네요."

"…죽을래?"

곧바로 받아치는 도영에 또다시 투닥대는 둘. 선우는 둘을 떨어뜨려 놓으며 다음 의견을 냈다.

"탑보이즈 챌린지처럼 영상으로 남겼으면 하는데."

"아, 챌린지."

조승현 실장은 좋은 의견이라는 듯 고개를 끄덕였다. 어느덧 마지막 도전만 남은 탑보이즈 챌린지다.

"마지막 도전을 이걸로 할까요?"

"그런데 뭘 찍으려고?"

"맞아. 그걸 정해야지."

유찬의 냉철한 지적에 상준이 천천히 손을 들었다.

개인적으로 한번 해보고 싶은 게 있었다. 그동안 쇼케이스나 여러 음악방송까지, 다양한 무대에 섰던 탑보이즈다. 하지만, 단 한 번도 해보지 못했던 것.

콘서트.

"방구석 콘서트는 어떨까요?"

시간상 콘서트를 이제 와서 준비할 수는 없으니, 실시간으로 콘서트를 라이브 방송으로 내보내자는 계획. 말 그대로 미니 방구석 콘서트였다. 상준의 한마디에 조승현 실장은 두 눈을 번쩍 뜨며 고개를 주억거렸다.

"저희 데뷔곡부터 컴백 앨범까지 한 번씩 쫙 보여 드리면……."

"이야, 이거 최곤데?"

다른 멤버들의 반응도 비슷했다.

"그러네. 진짜 이걸로 가도 되겠네."

"나도 동감."

다들 만족한 듯 격양된 목소리로 쏟아내는 말에 흐뭇한 미소를 짓던 조승현 실장은 고개를 벌떡 들었다.

"어?"

아까부터 뭔가 허전했다.

"제현이는 갑자기 어디 갔어?"

"아. 이제현……?"

"잠깐 화장실 갔을걸요."

분명 회의실 안쪽까지는 함께 왔었는데 갑자기 사라진 제현이다. 유찬은 대수롭지 않다는 듯 말을 뱉어냈다.

그 순간.

벌컥—.

"…뭐야?"

제현이 문을 열어젖히고 들어왔다.

"꼬라지가 왜 그래?"

저벅저벅.

화장실에 다녀왔다고는 믿기지 않을 비주얼. 비를 쫄딱 맞은 채 걸어오는 제현에 조승현 실장은 놀란 눈으로 물었다.

"잠깐 화장실 간 거 아니었어?"

"이 앞에 내려갔다 온 거야?"

걱정스러운 눈길로 물어오는 멤버들과 달리 제현은 평온 그 자체였다. 아니, 오히려 신나는 일을 발견한 듯 반짝이는 두 눈. 상준의 시선이 천천히 허공을 향하고 있는 제현의 손가락으로 향했다.

비에 흠뻑 젖은 탓에 물이 줄줄 흐르고 있는 제현의 손가락에는.

"저건 또 뭐야."

꾸물꾸물.

조그마한 생명체 하나가 있었다.

경악한 표정으로 입을 벌리는 상준.

제현은 해맑은 얼굴로 작게 중얼거렸다.

"팽이……."

꾸물.

제현의 손가락 위를 열심히 기어 다니는 조그마한 명주달팽이.

제현은 손가락을 높이 들어 올리고선 폭탄 같은 한마디를 던졌다.

"우리, 이 친구 기르자."

그리고.

이내 유찬의 한마디가 이어졌다.

"…1주년 기념으로?"

제4장

팽이와의 동거

그렇게 뜻밖의 식구 하나가 생겼다. 가뜩이나 좁은 숙소에 새로운 식구라니. 처음에는 반대하던 조승현 실장도 이내 고개를 주억거렸다. 엄청난 잔소리는 덤이었다.

"길러도 되는데 너네가 알아서 책임져."

"네엡!"

"괜히 밥 안 주고 굶기지 말고."

"그것도 네엡!"

처음에는 금방 끝날 줄 알았던 잔소리가 3분째 이어지고 있다. 팽이를 한 번 힐끗 돌아본 조승현 실장은 숙소 소파에 앉아 떠날 기색을 안 보였다.

다섯 사람만 있어도 난장판이 되는 숙소인데 거기다가 달팽이까지 기른다니. 솔직히 말해서 여간 걱정되는 것이 아니었다.

잠시 쉬고 있던 조승현 실장의 입에선 다시금 속사포 같은 잔소리가 튀어나왔다.

"청소 안 해서 숙소 어지럽혀 놓지도 말고."

"에에……."

"알았어?"

"대충 알았다는 소리였어요."

"아니, 대충 알면 안 되지 얘들아."

"……."

이미 유찬은 바닥에 쓰러져 뒹굴거리고 있고.

"이야, 잘 먹는다!"

제현은 조승현 실장의 말을 한 귀로 흘리며 팽이를 내려다보고 있었다.

어항 크기만 한 유리통에 새롭게 이사하게 된 팽이. 팽이를 밖으로 꺼내놓은 제현은 신이 나서 말을 쏟아냈다. 짐짓 진지한 표정으로 팽이와 교감하는 제현.

"팽아, 손!"

"뭐 하니, 쟤는."

조승현 실장은 기가 막힌다는 듯이 웃음을 터뜨렸다. 개를 훈련시키는 것도 아니고 달팽이를 훈련시키고 있다니.

"손!"

"제현아?"

"형, 얘가 말을 안 듣는데. 멍청한 걸까."

"그래? 너랑 아이큐 비슷한 거 같은데?"

"……!"

불쑥 다가온 상준이 던진 말에 제현은 인상을 찌푸렸다.

"내가 얘보단 똑똑해."

"언제는 팽이가 똑똑하다면서, 네 입으로."

"……."

"내 말 맞지?"

'대체 왜 저거에 반박을 못 하는 거지?'

가만히 상준과 제현의 대화를 듣고 있던 조승현 실장은 혼란스러운 얼굴이 되었다. 오랜만에 탑보이즈의 숙소를 찾은 조승현 실장이다. 그는 못말린다는 듯 혀를 차며 말을 뱉었다.

"뭐, 애들이 즐겁다면 됐지."

아까까지는 투닥거리고 있던 상준과 제현도 금세 해맑게 웃으며 달팽이와 놀고 있었다. 그 와중에도 여전히 목적을 알 수 없는 훈련은 이어졌다.

어디서 본 건 있는 모양인지 제현이 단호한 표정으로 외쳤다.

"팽아, 기다려!"

"……."

"기다리라고. 어? 얘 기다리는데?"

꾸물꾸물.

상추를 앞에 두고 조금씩 기어가는 팽이를 본 제현이 즐거워하며 소리쳤다. 가만히 지켜보고 있던 도영이 관심을 보이며 물었다.

"야, 너무 천천히 기어가고 있어서 그런 거 아냐?"

"팽이가 형인 줄 알아. 얘 방금 기다린 거라니까."

"야, 나도 기다릴 줄은 알아."

도영은 황당하다는 듯 웃음을 터뜨렸다.

그 순간이었다.

제현이 진지한 얼굴로 도영에게 말을 던졌다.

"형, 기다려!"

"…야?"

"손!"

"……!"

으아악.

곧바로 이어지는 제현의 외마디 비명에 상준은 혀를 내둘렀다.

"뒈질래?"

"살래!"

"뭐, 이 자식아?"

우당탕탕.

대체 이놈의 숙소는 하루아침도 잠잠할 날이 없다.

"아이고."

그렇게 한바탕 도영에게 응징당하고 온 제현은 다시 해맑게
말을 걸어왔다.

"형, 나 일기 쓰는 거나 도와줘."

"일기?"

팽이와 함께 지내겠다고 단체로 조승현 실장에게 허락을 구해
왔을 때, 그가 허락한 이유 중 하나가 바로 이것이었다.

자칭 '팽이 일기'라는 콘텐츠를 통해 팬들과 소통하겠다는 계획.

"팬들이 좋아해 주셔서 오늘 일기도 올리기로 했거든."

"아. 그랬어?"

제현은 말만 하는 것이 아니라 실제로 실천하고 있는 중이었다. 매일 일기까지 올리는 정성 덕에 요즘 1주년을 앞두고 팬들에게서 가장 호응이 좋은 콘텐츠였다.

"봤지?"

영상으로 팽이와의 스토리를 올리고 제현이 손수 일기까지 써서 팬들에게 보여주는 컨텐츠.

"야, 반응 장난 아니다."

상준은 어제 제현이 올렸던 일기의 댓글을 확인하며 피식 웃었다.

"달팽이도 너도 귀엽대. 달팽이는 귀엽지만 제현이는⋯⋯."

"잘못 보신 거 같은데."

"그러게."

유찬과 말을 주고받으며 웃어대던 상준은 제현이 올린 글을 보고 멈칫했다.

"이건 뭐야?"

평범한 일기를 써놨을 줄 알았건만.

#팽이 일기 1일 차

오늘은 달팽이가 내 손가락을 먹으려고 했다. 아마 맛있었던 것 같다. 고기를 좋아하나?

―뭐 그렇게 해맑게 말해 ㅋㅋㅋㅋㅋ

ㄴ제현아 대체⋯⋯.

ㄴ아마 맛있었던 것 같다 ㅋㅋㅋ

┗아낌없이 주는 제현나무.

─아니, 누가 이런 콘텐츠 추천한 거임? 아주 칭찬해

┗ㅇㅈㅇㅈ JS 엔터 감사합니다

┗우리 팽이도 감사합니다

┗세상에 귀여워…….

┗고기를 좋아하나 ㅋㅋㅋㅋㅋㅋㅋ

┗그렇다고 네 손가락을 바치진 말라고!

┗ㅋㅋㅋㅋㅋㅋㅋㅋㅋ

─간결한데 중요한 내용은 다 들어가 있네;;

┗달팽이는 나를 먹으려 했고 고기를 좋아한다

┗이상하게 요약하지 말라고 ㅋㅋ

┗대체……. 팬이나 연예인이나…….

"그래서 댓글이…….."

왜 공포스럽게 손가락 얘기만 있나 했더니 이런 거였다.

그런 멤버들을 멀찍이서 바라보던 조승현 실장은 다시 피식 웃었다.

"하여간 못 말린다니깐."

하루라도 평탄하면 탑보이즈가 아니다. 이제는 그러려니 하는 조승현 실장이 고개를 돌릴 때였다.

"아니, 근데 이렇게 일기를 쓰는 게 중요한 게 아니야. 진짜 케어를 해줘야지, 제현아."

"케어?"

우당탕탕.

의미를 알 수 없는 상준의 한마디와 함께 또다시 한바탕 난리가 났다. 조승현 실장은 눈살을 찌푸리며 물었다.

"아니, 그건 또 뭐야?"

괴상한 온도계 하나를 챙겨 온 상준. 쓸데없이 진지한 상준의 입에서 전문적인 한마디가 튀어나왔다.

"온도랑 습도 체크하는 건데. 지금 이 환경이 달팽이한테는 별로 좋지 않은 환경이라서요. 온도를 조절해 줘야 할 거 같은데요."

"…숙소에서?"

"잠시만요."

매사에 열심히 하는 상준이 그냥 넘어갈 리 없었다.

'달팽이 하나로 누구는 일기를 쓰고, 누구는 습도를 체크하고 있네.'

조승현 실장은 생각을 포기하고선 다시 소파로 돌아가 앉았다. 스트레스나 덜 받을 겸 한번 길러보라 한 건데, 온 열정을 달팽이에 쏟아붓고 있는 아이들.

상준은 두 눈을 반짝이며 허공에서 책 한 권을 낚아챘다.

사실 팽이와 정을 들인 뒤 가장 먼저 리스트에 올려뒀던 재능이 있었다.

「21세기의 드루이드」.

─인간이 아닌 생명체와 교감할 수 있음. 단편적으로라도 그들의 언어를 이해할 수 있다.

?: 1,349/100,000

직접적으로 동물과 소통하는 것은 아니지만, 느낌으로나마 그들을 이해하고 교감할 수 있는 재능.

「절대자의 감각」을 반납하고 대여한 재능의 효과는 엄청났다.

'와. 대박.'

꾸물거리는 줄만 알았던 팽이에게서 느껴지는 묘한 감각.

사람처럼 언어로서 치환될 수 있는 감정이 아니기에 고도의 집중력이 필요했다.

'감정을 교류하고 있는 건가?'

상준은 스스로의 재능에 감탄하며 놀라고 있었지만.

"더워?"

"……."

"아, 조금 춥다고?"

그걸 알 리 없는 조승현 실장의 눈에는…….

그야말로 공포가 따로 없었다.

"…뭐야, 애들 무서워."

＊   ＊   ＊

툭.

"이게 뭐예요?"

다음 날.

상준과 제현을 나란히 실장실로 부른 조승현 실장이다. 느닷없이 서류 한 뭉치를 던지는 그에게 상준은 놀란 얼굴로 물었다.

'프로그램?'

활동이 없는 시기다 보니 프로그램 제안도 팍 줄었다. 고정 예능 출연이 있는 선우와는 달리 다른 멤버들에겐 오랜만의 예능 제안이다.

「스타 토크쇼」의 상처가 컸던 탓에 활동기 동안에도 라디오 방송이나 화보 촬영 위주로 활동했었다.

하지만, 조승현 실장의 생각은 달랐다.

'슬슬 활동해야지.'

도영에게는 조금의 여유는 두더라도 탑보이즈 자체가 잊혀서는 안 된다. 신인에겐 인지도가 생명이고, 인지도를 높일 가장 효과적인 방법은 예능이니까.

해외 활동을 시작하기 전 국내에 확실한 발판을 마련해 두기 위해선 가끔씩 패널로라도 TV에 얼굴을 비추는 게 좋았다.

그러던 찰나에 딱 어울리는 예능 하나가 들어왔다.

"관심 있으면 한번 읽어봐."

달팽이 하나로 한 편의 코미디 드라마를 찍는 상준과 제현에게 딱 어울리는 프로그램이다.

"개의 목소리가 들려……?"

작게 중얼거리며 촬영 컨셉을 확인하고 있는 상준.

그의 손에 들린 서류를 어깨 너머로 보고 있던 제현이 불쑥 말을 던졌다.

"진짜 들리는 거예요?"

"그건 또 뭔 소리야."

실제로 동물과 교감하고 있는 상준은 저도 모르게 흠칫했다.

'어떻게 알았지?'

어찌되었건 탑보이즈와 어울릴 법한 예능이긴 하다.

상준은 고개를 까닥이며 조심스레 의견을 냈다.

"이거 종종 본 적 있어요."

"인기도 좋잖아."

"그렇죠."

시청률도 무난히 10프로대는 나오는 데다가 고정 시청층에게서 평도 좋았다. 악의적인 편집 대신 솔직하게 반려 스토리를 담아내는 점이 인상적이었던 프로그램이다.

사나운 개들의 행동 교정을 돕는 프로그램인데, 유동휘 수의사의 입담이 워낙 좋아서 상준도 즐겨 보고 있었다.

고정도 아니고 패널이라면 거절할 이유가 없긴 한데.

다만.

제현은 떨떠름한 표정으로 입을 열었다.

"개의 목소리라니……."

"아니 왜."

"제 마음에는 일편단심 팽이뿐인데요."

누가 팽이 사랑 아니랄까 봐. 제현의 한마디에 조승현 실장이 일침을 날렸다.

"온탑은?"

동공지진이 되고 만 제현이 황급히 말을 덧붙였다.

"온탑과 팽이요."

말은 그렇게 해도 프로그램 제안에 거절할 생각은 없었다. 제현은 두 눈을 굴리며 침착하게 말했다.

"그래도 재밌을 거 같아요."

"상준이는?"

조승현 실장의 눈길이 상준에게로 향했다. 사실 상준에게는 나름의 철칙이 있었다. 그 어떤 프로그램에서도 최선을 다하는 것.

'제대로 보여줄 게 아니면 나갈 이유가 없으니까.'

예능프로그램을 나가는 이유에 인지도도 있지만 그 못지않게 상준이 신경 쓰는 건 자신이 보여줄 수 있는 매력이었다.

선보일 수 있는 무기가 아무것도 없다면 병풍이 되기 쉽다. 잘할 수 있는 프로그램이라면, 그래서 최선의 모습을 보여줄 수 있다면.

그때 그 프로그램을 선택해야 한다고 생각했다.

「21세기의 드루이드」.

지금 상준에겐 최선의 모습을 보여줄 수 있는 재능이 있다.

또, 충분한 연습도 해둔 상태이고.

그런 의미에서.

"저는 자신 있어요."

반짝이는 상준의 눈길을 보며 조승현 실장은 흐뭇한 미소를 지었다. 상준은 부드럽게 웃으며 말을 더했다.

"개 다루는 스킬이 많이 늘었거든요."

그런데 개라니.

조승현 실장은 의아하다는 듯 되물었다.

"왜?"

상준은 흐뭇한 미소를 입가에 떠운 채 제현을 바라보았다.

숙소에 두면 외로울 거라며 조그만 유리 상자에 팽이를 데리고 온 제현은 달팽이 녀석과 아름다운 대화를 나누고 있었다.

"팽아, 회의 끝나고 집 가고 싶지? 상준이 형이 너무 길게 떠들… 아악!"

이래서 늘었다.

"저희 동생들이 개 같아서요."

*　　　*　　　*

「개의 목소리가 들려」 대기실.

유동휘 수의사는 턱을 괸 채 어제 새롭게 올라온 게시물을 확인하고 있었다.

"얘네들이라는 거지?"

이번 주 새롭게 게스트로 참여하게 된 탑보이즈. 몇 번 다른 방송을 챙겨 본 적은 있었지만 이렇게 실제로 만나는 것은 처음이다.

'활기차 보이네.'

달팽이 하나를 데려왔다며 온 정성을 쏟아 기르는 영상을 보니 절로 흐뭇한 미소가 지어진다. 앞으로 있을 방송도 저런 에너지로 할 수 있을 거라는 생각에, 유동휘 수의사는 기분 좋게 고개를 까닥였다.

재치 있는 입담에 수준급의 실력까지.

사실 기존의 직업보다도 이제는 방송인으로 자리 잡게 된 그였다. 아직 신인인 탑보이즈에게서 큰 예능감을 기대하진 않았지만.

'열심히만 해주면 되겠지.'

전문적인 지식은 자신의 몫이니 즐겁게 방송 분위기만 띄워주고 가면 된다. 그렇게 생각하며 별생각 없이 스크롤을 내릴 때였다.

"이건 뭐야?"

팽이 일기.

하단에 제현이 써둔 일기를 발견한 유동휘 수의사는 두 눈을 크게 떴다.

#팽이 일기 3일 차

오늘 팽이는 내 손가락 대신 상추를 먹었다. 상준이 형이 온도 25도, 습도 80프로를 유지해야 한다면서 내 머리 위에 분무기를 뿌렸다.

왜 저 형은 달팽이의 습도가 아니라 내 습도를 조절하는 걸까?

"이게 뭔……."

유동휘 수의사가 혼란스러운 표정으로 댓글을 읽어 내려가기도 전에.

우당탕탕.

상준이 투덜대며 문을 열어젖히고 나왔다.

"야, 이상한 거 올리지 말라고."

"아니, 분무기를 왜 나한테 뿌리는데?"

"그야……."

잠시 망설이던 상준의 입에서 당당한 한마디가 튀어나왔다.

"잘 자라라고?"

"……!"

가만히 듣고 있던 유동휘 수의사는 흠칫하며 둘을 돌아보았다.

"어엇."

순간 눈이 마주친 상준은 놀란 눈을 번뜩 떴다.

"안녕하세요!"

"잘 부탁드립니다!"

유동휘 수의사가 대기실에 있을 거라고는 생각도 못 했다. 상준은 머쓱하게 웃으며 인사를 건넸다. 뒤늦은 변명이 이어졌다.

"이따 촬영 시작하면 들어오실 줄 알고······."

"앉아요."

유동휘 수의사는 미소를 지으며 의자를 손으로 가리켰다. 둘이 떠드는 대화와 제현의 일기를 보고 놀라긴 했지만 초면에 내색할 수는 없어서였다.

"크흠."

유동휘 수의사는 헛기침을 하며 시선을 돌렸다.

사전 미팅을 하기 위해 모인 자리긴 했지만 카메라의 빨간 불은 여전히 돌아가고 있었다. 머쓱해하는 신인들을 위해 분위기를 띄워야 할 타이밍이다.

"개는 다룰 줄 알아요?"

그런 의미에서 유동휘 수의사가 자연스레 던진 질문. 상준은 망설임없이 고개를 끄덕였다.

"네, 조금 다룰 줄 압니다."

「21세기의 드루이드」.

새롭게 대여한 재능도 한몫했지만, 상준이 자신 있는 건 다른 이유에서였다.

'형, 상준이 형, 안 자?'

'저 형은 갑자기 웬 공부야?'

'저 프로가 이렇게 전문적인 프로였어······?'

「개의 목소리가 들려」 프로그램을 위해 만반의 준비를 마친 상준이다. 유동휘 수의사는 고개를 까닥이며 웃어 보였다.

어차피 개를 제대로 다룬다고 해봐야 몇 번 길러본 경험이 있거나 한 수준일 터였다. 처음부터 전문적인 부분은 바라지도 않았으니.

그런데.

"길러본 적 있어요?"

"…아뇨?"

이건 예상하지 못했다.

이렇게 당당할 줄은.

*   *   *

"가자마자 놀라서 도망치고 그러면 안 돼요."

"아이, 참."

"등 돌리고 달리는 것도 절대 안 돼요. 그러면 물려요, 알겠죠?"

사전 미팅에 상준이 던진 말에 신뢰감은 이미 바닥으로 내려간 상태였다. 어린 친구들인 데다가 달팽이 외엔 무언가 길러본 적도 없다 하니 걱정될 수밖에 없었다.

유동휘 수의사는 거듭 강조하며 상준의 어깨를 툭툭 쳤다.

"네! 오늘 '개의 목소리가 들려' 열네 번째 사연, 탑보이즈의 상준 씨, 제현 씨와 함께 자리했는데요."

"와아아아."

"먼저 영상 보고 들어갈 건데. 친구들이 먼저 들어갈 거예요. 수습은 내가 할 테니까, 괜히 물리고 오진 마세요."

실제로 촬영 도중 돌발 상황이 발생해 개가 제작진을 문 적도 있었다. 그 탓에 해맑게 앉아 있는 상준과 제현을 보고 있노라니 잔소리가 끊이질 않았다.

"후우."

정작 상준은 두 눈을 반짝인 채 자신 있는 태도를 보이고 있었지만.

'두 번은 안 믿는다.'

유동휘 수의사는 못 말린다는 듯 웃어젖히며 제작진에게 말을 걸었다.

"화면 보여주세요. 오늘 만나볼 친구가 어떤 친구인지, 새로운 게스트들이 감당할 수 있는 녀석인지 한번 봅시다."

"네엡!"

"자신 있습니다!"

파이팅을 외치며 화면에 시선을 고정하는 상준과 얼떨결에 고개를 끄덕이는 제현. 이 해맑은 듀오가 어떻게 행동할지 궁금했던 유동휘 수의사는 다시 피식 웃음을 흘렸다.

그사이, 오늘의 주인공이 화면에 등장했다.

"푸들이네요."

"1살, 이름은 빼꼼이."

"빼꼼!"

"…조용히 해."

개를 보랬더니 아니나 다를까 이름에만 집중하고 있다.

"이따 들어가면 친구 해야지."

저도 모르게 중얼거린 제현은 놀란 눈으로 벌떡 고개를 들었다. 모른 척하고 앉아 있으려던 유동휘 수의사는 머리를 긁적이며 말을 뱉었다.

"그, 죄송하지만 마이크 때문에 다 들려요."

"아아……."

그래도 순수하니 보는 재미가 있다. 유동휘 수의사가 속으로 웃어대느라 정신없는 사이, 상준은 화면 속 제보 영상에 온 신경을 기울였다.

—캉! 캉!

제작진이 들어오자마자 쉬지 않고 짖어대는 빼꼼이.
문제는 그뿐만이 아니었다.

—빼꼼아! 아니, 가만히 좀 있어봐!
—으아아악!

우당탕탕.

카메라까지 뒤흔들 정도로 집 안을 난장판으로 만들어놓고선 쓰레기통을 뒤지기 시작하는 빼꼼이. 그야말로 사방을 뛰어다니는 정신없는 녀석에 유동휘 수의사의 표정도 굳어갔다.

화면 속 보호자가 심각한 얼굴로 말을 이었다.

—사실 산책도 제대로 못 시키거든요. 애가 워낙 짖어대는 데다가, 산책만 하면 앞으로 뛰어나가서 사람을 물려고 한 적도 있어서……

"아이고."

보호자의 말이 끝나기 전에 유동휘 수의사의 입에서 탄식이 나왔다.

"심각하네요."

"……."

"맞아요."

격하게 고개를 끄덕이고 보는 제현과 말없이 앉아 있는 상준.

상준은 골똘히 생각에 빠진 채 빼꼼이의 행동을 분석하고 있었다.

'다 외웠으니깐……'

어제 동물행동학 책 한 권을 통째로 외워 버린 상준이다. 빼꼼이의 생각을 들어보는 건 직접 만나서 할 일이고, 지금은 행동의 원인을 파악해야 할 차례였다.

'산책 때 계속 리드하려 하고, 사람을 상대로 공격성을 드러낸다라.'

위협적으로 짖는 데다가 통제가 어려운 행동까지.

대강 빼꼼이의 문제점을 파악한 상준의 입에서 한마디가 흘러나왔다.

"할 수 있을 거 같아요."

"…갑자기?"

"네, 할 수 있습니다!"

유동휘 수의사는 두 눈을 끔뻑이며 입을 뗐다.

"뭐, 믿어보겠습……."

그렇지 않아도 게스트가 먼저 가봐야 할 시간.

평상시였으면 큰 걱정 없이 떠나보냈을 유동휘 수의사지만…….

"진짜 개랑 싸우면 안 돼요!"

"네!"

"개 물어도 안 되고!"

"…저희가 왜 개를 물어요?"

"아니, 반대구나. 아무튼!"

어쩐지 오늘 촬영은 험난할 것 같다고 생각하는 그였다.

*　　　　*　　　　*

'걱정이 돼, 아주 걱정이…….'

유동휘 수의사가 턱을 괸 채 화면을 심각하게 내려다보는 사이.

끼이익.

"안녕하세요."

상준과 제현은 이미 사연자의 집에 들어섰다.

한 치의 망설임 없이 문을 열어젖힌 탓일까.

캉! 캉!

"어우."

한바탕 난리가 났다.

다짜고짜 으르렁대며 달려드러 드는 탓에, 유동휘 수의사는 상준이 기겁할 거라 예상했지만.

"안녕?"

상준은 거실 바닥에 쭈그리고 앉아 교감을 시도하고 있었다.

"빼꼼아!"

"캉, 캉!"

유감스럽게도 한 번에 먹히지는 않았다.

"으음."

상준은 천천히 빼꼼이에게 다가서며 온 신경을 집중했다.

「21세기의 드루이드」.

"형, 그러다 물리는 거 아냐?"

"괜찮아."

"…난 도망갈란다."

겁이 많은 제현은 그새 벽에 붙어버렸지만, 상준은 자신 있게 앞으로 한 발씩 내디뎠다.

"어떻게 하려고 그러는 거지?"

'겁도 없네.'

유동휘 수의사는 불안한 시선으로 화면 속 상준을 응시했다.

"너무 가까이 다가가지 마세요."

"조심하세요, 언제 공격할지 모르니까."

여차하면 바로 뛰어 내려가도록 준비가 되어 있는 상황. 고요한 침묵 속에서 상준은 천천히 빼꼼이를 스캔했다.

캉!

처져 있는 꼬리와 긴장한 듯 귀를 뒤로 젖히고 있는 녀석.

빼꼼이는 쭈그린 자세로 금방이라도 도망갈 듯 상준을 경계하고 있었다.

"이리 와봐."

그런 녀석에게 말을 걸어야 했다.

안전하다고. 자신은 안심할 만한 사람이라고.

"아니, 개가 무슨 사람도 아니고."

다짜고짜 말만 걸면 모든 게 해결되겠냐고 중얼대던 스태프도.

영 미심쩍다는 듯 화면을 바라보고 있던 유동휘 수의사도.

"앉아."

이어지는 변화에 입을 다물지 못했다.

"어?"

"아니, 뭐야."

「개의 목소리가 들려」를 촬영하며 수없이 많은 게스트들이 다녀갔다. 그들이 맡은 역할은 어색한 대처로 웃음을 선사하는 것. 실제로 개와 교감하는 경우는 거의 전무했다.

그런데.

"…멍!"

그렇게 짖어대던 빼꼼이는 별 의심 없이 다가와 상준의 앞에 앉았다.

쓰담쓰담.

상준은 그런 빼꼼이가 대견하다는 듯 머리를 쓰다듬어 주었다. 그걸 옆에서 지켜보고 있던 제현은 기겁하며 고개를 들었다.

"아니, 형. 이걸 어떻게 한 거야?"

"…잘?"

"에?"

제작진이고 출연진이고 너 나 할 것 없이 보기만 하면 짖어댔던 녀석이다. 그런데 상준의 앞에서 갑자기 저리도 얌전해지다니. 대단한 행동을 선보였으면 또 몰랐겠지만, 그냥 말을 걸며 다가갔을 뿐이다.

마법 같은 변화에 제현이 의문을 던지자 상준은 능청스럽게 말을 뱉었다.

"그야 널 다루다 보니……."

"…어?"

"아, 아무것도 아니야. 애가 순한데?"

순간 비방용의 멘트가 나갈 뻔했다. 상준은 멋쩍게 웃으며 순하게 엎드린 빼꼼이를 내려다보았다.

"여기 날이 더워서 그런가 등이 따뜻하고 좋다는데."

"뭐?"

100프로 정확히 알아들은 수는 없었지만 확실히 나른해 보이긴 했다. 상황실에서 빼꼼이와 교감하는 상준을 지켜보던 유동휘 수의사는 너털웃음을 터뜨렸다.

"에이, 농담이 과하시네."

무슨 컨셉인지는 몰라도 말도 안 된다.

"개가 가끔 좋아하는 스타일의 사람이 있어요."

공격적이지 않게 대처를 잘하긴 했지만 저렇게 곧바로 교감하는 건, 마음에 드는 상대가 아니고서야 말이 되지 않는다.

유동휘 수의사조차 상준의 행동이 단순히 운이라고 치부했다. 하지만.

"빼꼼아, 한숨만 자고 일어나면 안 되냐고?"

"……."

"어림도 없지."

"…멍?"

'빼꼼이가 좋아하는 스타일의 사람이라……'

상황실에서 유동휘 수의사가 하는 말이 실시간으로 들려오고 있다. 상준은 눈살을 찌푸리며 고개를 돌렸다.

"후."

모두들 그렇게 생각한다면.

상준은 이게 운이 아님을 증명해 볼 생각이었다.

캉……!

황당하다는 듯 벌떡 일어난 빼꼼이를 힐끗 돌아본 상준은 제작진에게 말을 걸었다.

"긴 줄 주세요."

"아……. 줄이요?"

"네, 긴 줄로."

"아, 알겠습니다!"

제작진이 건네는 긴 목줄을 손에 쥔 채, 상준은 카메라를 빤히 응시했다.

지금쯤 상황실로 실시간 전송되고 있을 화면.

상준은 유동휘 수의사를 향해 속으로 외쳤다.

'똑바로 보세요.'

이제부터 실전이니까.

*　　　　*　　　　*

집 안을 난장판으로 만들어놓는 빼꼼이의 습관을 없애기 위한 상준의 계획. 상준은 빼꼼이에게 긴 목줄을 채우고선 한 걸음 뒤로 물러섰다. 상황실의 유동휘 수의사는 의아한 낯빛으로 인상을 찡그렸다.

'갑자기 저건 왜?'

그다음에 빼꼼이를 향해 개껌을 건네는 상준. 그 모습을 유심히 지켜보던 유동휘 수의사의 입이 점점 벌어졌다.

처음에는 단순히 우연인 줄만 알았다.

그런데.

"앉아."

소파를 물으려 하는 빼꼼이를 진정시키고 단호하게 줄을 잡아당기는 상준. 상황실에서 해맑게 떠들어대던 모습과는 상반된 상준의 행동에 제작진들은 혼란스러워졌다.

"뭐 하는 거지?"

그새 상준은 미소를 지으며 보호자에게 다가가 있었다.

"얘가 신발 물어뜯으려 할 때마다 빼앗지 마시고, 더 좋아하는 장난감을 던져주세요."

"아, 그래요?"

뺏기 행동을 일종의 놀이로 생각하는 빼꼼이를 위한 방법이었다. 괜히 억지로 뺏으려 들면 관심을 받기 위해 같은 행동을 반복하는 경우가 많으니.

"안 돼, 빼꼼아."

"……."

"녀."

물건을 입에서 놓을 때마다 일관된 신호를 제시하여 반복학습을 시킨다. 그와 동시에 줄을 잡아당기며 능숙한 손짓으로 빼꼼이를 컨트롤하는 상준.

'개 다룰 줄 알아요? 길러봤어요?'

'…아뇨?'

상준과의 대화를 떠올린 유동휘 수의사는 세차게 고개를 저었다. 저건 단순히 개를 잘 다루는 게 아니다. 개를 좋아하고 많이 길러봐서 유독 개들이 따르는 사람이 있긴 하다.

하지만, 상준은 달랐다.

'저건 전문 지식인데.'

일반적으로 훈련사들이 하는 매뉴얼과 똑같다.

유동휘 수의사는 기겁하며 머리를 짚었다.

'이거……'

"오늘 내 촬영분 없겠는데?"

*   *   *

─이게 대체 뭐임?

└ㅋㅋㅋㅋㅋㅋㅋㅋㅋㅋㅋ

└상준이 직업 또 하나 추가된 거야? 셰프에 이어서 훈련사까지?

└앉아 하는데 개가 바로 앉더라

ㄴ유동휘 일어서려다가 암것도 못 하고 지켜보고 있던데

ㄴㅋㅋㅋㅋㅋㅋㅋ진짜

ㄴ아니, 왜 게스트로 가서 혼자 다 하냐고

―또다시 제 머릿속은 혼란스러워졌습니다. 왜 제가 파는 연예
인은 다 정상이 아닌 걸까요

ㄴ또 누구 파는데?

ㄴ제현이?

ㄴ아…….

ㄴ정상은 아니긴 하지…… 우리 애들이

ㄴ달팽이 손가락 먹방 ㅋㅋㅋㅋ

―와, 머리 쓰다듬어 주고 이름도 불러주네ㅠㅠ 빼꼼이는 좋겠
다. 나도 다음 생에 개로 태어날래.

ㄴ야 이 개자식아

ㄴ뭐 이 새끼야?

ㄴ너네는 갑자기 왜 싸우는데 ㅋㅋㅋㅋ

ㄴ정신 차려!

ㄴ도랏 ㅋㅋㅋㅋㅋ

「개의 목소리가 들려」 방송이 나간 이후에 댓글만 쏟아진 것
이 아니었다. 상준은 여기저기서 쏟아지는 전화를 확인하며 진
땀을 빼고 있었다.

"이번에는 누군데?"

"원형석 선배님이요. 집에 고양이가 갑자기 안 놀아준대요."

"…원래는 어땠는데?"

"요즘 고양이가 사춘기가 온 것 같다고."

난데없이 사방에서 들려오는 고민 상담에 몸이 죽어날 지경이다. 그리고, 상준은 지금도 그 고민 상담의 현장에 와 있었다.

"어떤 거 같아?"

"괜찮은데요?"

강주원의 집에 초대받은 탑보이즈. 가만히 서 있는 상준의 뒤로 멤버들이 지나갔다.

"와, 선배님. 이거 조명 대박인데요."

"유찬이 형! 소파가 움직여……!"

"야, 소파 움직이는 거 처음 보냐? 어, 처음 보네."

우당탕탕.

탑보이즈는 단체로 두 눈을 반짝이며 선배의 하우스를 구경하고 있었다. 그 와중에도 상준은 강주원의 반려견 할리와 대화를 시도하고 있었다.

"얘가 사람 보면 하도 짖어서."

"짖으면 맨날 간식 주시죠?"

"어, 어떻게 알았대."

"그러니까 자꾸 짖는 거예요."

상준은 빠르게 할리의 문제점을 진단하고선 대화를 시도했다.

"짖지 마."

"…컹!"

할리의 말을 귀 기울여 듣던 상준은 충격받은 얼굴로 고개를 들었다. 정말 상준이 할리의 말을 이해하고 있을 거라 생각하진 않았지만, 그런 상준을 따라 놀라는 강주원이다.

"왜? 애가 뭐래?"

"그……."

상준은 난처한 표정으로 머리를 긁적이며 입을 열었다. 대다수의 개가 비슷한 의도로 짖는 거긴 하지만, 이렇게 솔직하게 의견 표출을 하고 있을 줄이야.

"관심받고 싶다는데요."

아.

강주원은 두 눈을 끔뻑이며 할리를 쓰다듬었다. 새하얀 포메라니안인 할리는 폴짝폴짝 뛰어다니더니 이내 벌러덩 드러누웠다.

"할리야……. 너 관종이었구나……."

"크흡."

강주원은 마른 눈물을 훔치며 자리에서 일어났다.

"그럼 할리는 관종이었던 걸로 하고."

"네?"

탑보이즈를 이렇게 집에 초대한 건 처음이지만, 지금은 할리를 돌보는 것보다 중요한 소식이 있었다.

"아, 너네."

강주원은 고개를 천천히 들며 상준에게 넌지시 말을 던졌다.

"내일이 1주년이지?"

*   *   *

어둠이 내려앉은 스튜디오.

상준은 떨리는 숨을 고르며 스튜디오 위에 섰다.

"준비됐어?"

오늘은 너튜브 라이브 방송을 준비했다. 유이앱과 동시에 실시간으로 나가는 방송이긴 하지만, 그때와는 설렘의 크기부터 다르다.

상준이 제안했던 라이브 콘서트.

오늘은 방구석에서 콘서트를 즐길 수 있도록 최선을 다해 준비해 놓았던 탑보이즈였다.

바쁜 스케줄 틈틈이 오늘을 기다려 왔던 탑보이즈.

상준은 자신감 넘치는 눈길로 고개를 까닥였다.

"시작하자."

빨간 불이 켜지는 카메라. 그와 동시에 팬들이 쏟아져 들어왔다.

—1주년 축하해!!!!!

—와. 지금 콘서트해??

—라이브 콘서트라니;; 진짜 미친 거 아냐

—누가 기획한 거야 ㅠㅠ 칭찬해 주고 싶네 ㅠㅠㅠㅠ

—미쳤다. 겁나 잘 보여

선우는 마이크를 쥔 채 중앙에 섰다. 오늘을 위해 준비해 두었던 멘트. 리더 선우의 부드러운 목소리가 이어졌다.

"네, 온탑 여러분. 이렇게 오늘 저희의 콘서트에 참여해 주셔서 감사합니다."

다신 오지 않을 1주년. 상준은 지금 이 순간이 너무도 소중하게 느껴졌다. 상준은 선우가 건네는 마이크를 받으며 말을 이었다.

"저희가 아직까지 콘서트를 선보인 적이 없는데. 오늘 이 시간을 저희의 첫 미니 콘서트이자, 하나의 영상 테이프로 기억해 주셨으면 좋겠습니다."

담담하게 뱉어내는 말들.

"이렇게 오늘 이 자리를 함께해 주셔서 너무도 감사하고. 앞으로도 저희 탑보이즈를……."

"…형, 안 시작해?"

상준의 긴 주례를 다급히 컷하는 도영. 상준은 그런 도영을 향해 눈을 흘기고선 급히 마무리했다.

"노래로 보여 드리겠습니다."

―와아아아아아

―도영이 칼같이 컷하네 ㅋㅋㅋㅋ

―아니, 무슨 체육대회 교장쌤 말씀같긴 했음

―ㅋㅋㅋㅋㅋㅋㅋ

―시작한다!!!

뜨겁게 달아오르는 팬들의 반응 속에.

탑보이즈의 첫 번째 노래, '모닝콜'의 전주가 울려 퍼졌다.

'데모 3번.'

'3번이요?'

[Demo 3.]

처음에는 이름도 지어지지 않았던 상준의 자작곡.

가벼운 기타 소리와 함께 부드러운 '모닝콜'의 멜로디가 울려 퍼졌다.

'타이틀곡으로 가자고.'

난생처음 타이틀곡에 상준의 이름을 올리고 1위의 영광까지 안겨주었던 소중한 데뷔곡.

내 얘기를 들어볼래
I wanna hear your voice
아침을 깨우는 story

설렘 가득한 멜로디 라인 위에 신나는 드럼 비트가 얹어지자, 상준의 심장도 빠르게 뛰기 시작했다.

I wanna hear your voice
오늘도 하루를 기분 좋게 시작해

이 노래에 애착을 가지고 있는 건 비단 탑보이즈만이 아니었을 것이다. 팬들과 탑보이즈에겐 첫 만남과 같은 곡. 모닝콜의 부드러운 멜로디가 스튜디오를 가득 메웠다.

'좋다.'

오랜만에 선보이는 '모닝콜'이지만 마치 한 몸처럼 부드럽다.

그렇게 달달한 노래가 끝을 보일 때쯤.

―어?
―이렇게 바로 이어진다고?
―와. 대박이다.
―이걸 이렇게 편곡했구나 ㄷㄷㄷㄷ
―에펠이다아아아!!!

자연스레 「EIFFEL」의 하이라이트 파트로 이어지는 멜로디.
동시에 멤버들의 표정도 180도로 바뀌었다.
'에펠은 이거지.'
첫사랑의 설렘을 담아내던 곡이 '모닝콜'이라면 'EIFFEL'은 몽
환적인 청량함이다. 허공을 부유하는 듯한 부드러운 춤 선이
'EIFFEL'의 특색을 살려냈다.
첫 번째 정규앨범으로 수많은 팬들을 불러 모은 탑보이즈의
'EIFFEL'. 강렬한 드럼 비트가 몽환적인 멜로디를 한층 띄워 올
렸다.

저 위로 올라가 보려 해
꿈꿀 수 없는 높은 탑이라고 해도

이 노래를 부르며 높은 탑을 수없이 갈망했다.
1년이 지난 지금, 탑 위에 서 있다고 단언할 수는 없지만…….
'그래서 올라가는 중이 아닐까.'

Dream the top
나도 올라설 수 있을까

'내가 데뷔하기 전까지, 날 동생으로도 상대 안 해줬잖아.'
'왜 그랬어?'
서로 다른 곳을 바라보고 있었기에 쉼 없이 싸웠고,

'저도……. 진짜 잘하고 싶어요. 그러니까, 앞으로도 저 많이 지켜봐 주세요.'

때로는 스스로의 부족함을 자책하며 힘들어했으며.

'사람들이 그래. 멋대로 판단해 놓고선 해명은 들으려 하지 않아.'

여전히 신인이라는 이름으로 무시당하기도 하지만.
그래도 쉼 없이 저 탑을 오르는 중이다.
누가 뭐라 하더라도 함께 같은 길을 걸어가면서.
"……."
그렇게 어느덧 'EIFFEL'의 마지막 구절이 끝나고.
'마지막 곡'
상준은 흐릿한 미소를 띤 채 천천히 앞으로 걸어 나왔다. 가장 최근에 활동했던 곳이자 우여곡절이 많았던 미니앨범.
'ASK'의 전주가 흘러나오자 다섯은 동시에 노래를 불러 나갔다.

눈이 부시게 화려한 이곳
수많은 색을 물들여

어느 누구의 파트 할 거 없이 다함께 불러가는 노래.
어느덧 상준의 두 눈에도 눈물이 고였다.

이 얘기가 바로 설렘일까
So many stories
나는 너란 홍수에 빠져 버렸어

다섯의 목소리가 조화롭게 어우러지는 무대.
'좋다.'
 지금 이 시간을 영원히 흘려 보내고 싶지 않았다. 비록 팬들
을 앞에 두고 하는 콘서트는 아니지만, 마음만은 함께 열창하고
있었다.

―에스크!
―와아아아아아
―진짜 미쳤다
―ㄷㅂㄷㅂ 이 무대를 직관으로 보다니…….
―ㅠㅠㅠㅠㅠ너무 좋다

"워후!"

너가 더 알고 싶어
이곳이 더 알고 싶어

미끄러지는 듯 안무를 소화하며 진심으로 웃어 보이는 멤버들.
너무나도 행복해서, 그 설레는 감정들이 고스란히 우러나오는
미소였다.

이곳은 정상이 맞는 걸까

능청스러운 선우의 한마디와 함께 끝이 난 탑보이즈의 메들리.

—꺄아아아아아아아
—와아아아악
—!!!!
—탑보이즈! 탑보이즈! 탑보이즈!
—저는 오늘 여기서 누웠습니다아

강렬한 외침 대신 채팅으로 환호성을 대신하고 있는 팬들.
"이야, 대박이었다."
"크으, 어땠어요?"
도영과 상준은 하이 파이브를 치며 화면을 똑바로 응시했다.
세 곡을 연달아 하다 보니 숨이 차올라 서 있기도 힘들 지경
이지만, 그래도 즐거웠다.

모두가 만족했던 무대.

"허억… 헉."

간신히 숨을 고른 상준이 천천히 입을 뗐다.

세 번의 타이틀곡이 멤버들에게 주는 의미를 설명하기 위해서였다.

1주년이 지난 지금 천천히 돌이켜 보니, 그들이 담고 싶었던 이야기가 모두 이 무대에 담겨 있었다.

"모닝콜은 설렘이었던 거 같아요."

"시작의 설렘."

"맞아요."

모닝콜이 설렘이었다면.

에펠은 두려움.

멋모르던 데뷔 시절보다 더욱 우여곡절이 많았던 앨범이었다.

그리고, 마지막.

"'ASK'는 자신감 아닐까요?"

"제 자신감이 장난 아니긴 하죠."

"이젠 다 잘할 거 같은 기분이라 해야 하나."

자아도취에 빠져 있는 도영의 말에 동조해 주는 유찬.

상준은 피식 웃으며 말을 이었다.

비록 조금은 더디게 느껴질지 몰라도.

"이렇게 우리는 조금씩 성장해 가고 있어요."

아무것도 모르던 연습생 시절이 조금씩 멀게 느껴질 만큼.

함께 달려온 시간이 누구에게는 길고, 누구에게는 짧을지도 모르는 1년이지만.

"그러니까……."

상준은 두 눈을 반짝이며 화면을 향해 물었다.

"앞으로도 계속 함께해 주실 거죠?"

*　　　*　　　*

"어후, 오늘은 진짜 덥다."

1주년 행사가 끝이 나고 어느덧 2개월이 흘렀다. 뙤약볕에 후 끈 달궈진 차 안에서 상준은 땀을 흘렸다. 여섯이 타고 있어서인 지 가만히 있어도 죽을 맛이다.

"아니, 에어컨 틀었는데도 이렇게 더워?"

"방송실은 괜찮지 않을까."

"그렇겠지."

장마가 끝난 뒤로 어째 더 더워진 날씨다. 상준은 손으로 부 채질을 하며 창밖을 내다보았다. 그새 탑보이즈가 탄 차량은 회 색 건물 아래 주차장으로 들어섰다.

오랜만의 라디오 방송이 있는 날.

송준희 매니저는 창밖을 두리번대며 탑보이즈에게 말을 걸었 다. 아까부터 묘한 기분이 들어서였다.

"얘들아. 여긴 진짜 올 때마다 새로운 거 같지 않니."

"……."

"기분 탓일까. 오늘따라 세상이 다르게 보이는……."

송준희 매니저의 한마디에, 도영은 불안한 심정으로 창밖을 내다보았다. 그리고는 이내 머리를 짚으며 말을 뱉었다.

"새롭겠죠. 다른 곳이니까."

"뒷건물인데요."

"아?"

오늘도 어김없이 길치임을 증명해 내는 송준희 매니저.

"크흠."

이럴 때일수록 자연스레 대처해야 한다. 어차피 길을 잃는 게 한두 번이 아니니. 송준희 매니저는 머쓱한 미소를 지으며 방송국 앞에 차량을 댔다.

"자, 내리자."

"어윽."

"아이고."

"아니, 왜 다들 곡소리야."

송준희 매니저는 못 말린다는 듯 웃어대며 물 한 병씩을 손에 쥐여줬다.

"잘하고 오고."

"네에!"

"오늘도 라디오를 뒤집어놓고 오겠습니다아!"

도영의 패기 어린 한마디와 함께 방송실에 들어가는 탑보이즈. 오늘은 특별히 보이는 라디오 촬영이 있는 날이었다.

"후."

ON AIR.

방송실 상단에 빨간 불이 켜지는 걸 확인하며 탑보이즈는 카메라를 향해 시선을 고정했다.

"와아아아!"

"오늘은 임하경의 '오후의 라디오' 게스트로 탑보이즈 분들을 모시게 되었는데요."

"안녕하세요!"

"Dream the top! 탑보이즈입니다, 잘 부탁드립니다!"

이제는 제법 합을 맞춰 능숙하게 방송을 이어나가는 탑보이즈다. 라이브라는 특성상 일반 녹화 프로그램보다 힘들게 느껴질 때도 있었지만, 다행히 오늘은 상황이 좋았다.

임하경. '스타들의 레시피'에서도 만난 적 있는 사이다 보니, 그녀의 진행이 사뭇 편하게 느껴졌다. '스타 토크쇼'에서 도영의 논란이 있던 뒤로 방송국에서 더 챙겨주려 들었던 그녀다.

"도영 씨, 지금 팬들이 도영 씨를 엄청 찾고 있는데. 개인기 하나만 보여줄 수 있어요?"

같은 프로그램에 출연했던 입장에서, 그때의 논란을 못 막아 줬던 것이 못내 미안했던 그녀다. 오늘도 임하경은 도영의 분량을 챙겨주려 하고 있었다. 그 마음을 눈치챈 도영은 미소를 지으며 능청스레 멘트를 받아쳤다.

"제가 또 애교 장인이라."

"크으, 정말 안 보고 싶다."

"뭐?"

"아, 아무것도 아니에요."

이미 눈을 가리고 있는 멤버들을 뒤로하고 자기 주장 넘치는 개인기를 선보이는 도영.

'나는 아무 생각이 없다. 왜냐하면 아무 생각이 없기 때문이다……'

상준은 생각을 포기한 채 허공을 멍하니 바라보았다.

"와아아아!"

그새 개인기를 마친 도영이 자신 있게 말을 뱉었다.

"귀엽나요?"

─꺄아아아아아

─완전 귀여어ㅓ

─세상에 ㅠㅠ 이런 건 아껴두지 말라고

잔뜩 신이 난 팬들과 흐뭇한 미소로 보고 있는 임하경.

그들과 달리 유찬은 떨떠름한 표정을 하고 있었다. 그런 유찬의 표정을 체크한 임하경이 웃음을 터뜨리며 말을 걸었다.

"어땠어요?"

"너무 귀여워서 깨물어 죽여 버리고 싶……."

"편집해 주세요."

"아니, 저도 모르게 본심이."

유찬은 능청스럽게 머리를 짚으며 고개를 저었다.

"이게 다 같은 멤버를 생각하는 정성 어린 마음이랄까."

"하하, 우애가 깊은 팀이네요."

"그렇죠."

오랜만의 라디오지만 감은 떨어지지 않았다. 탑보이즈는 자연스럽게 멘트를 주고받으며 시청자들과 어우러졌다. 보이는 라디오다 보니 중간중간 카메라를 향해 웃어 보인다. 선우는 미소를 지으며 댓글창을 바라보았다.

"저희, 자유롭게 질문 몇 개 받아볼게요."

그 사이, 마음에 드는 댓글을 확인한 도영의 두 눈이 반짝였다.

"어? 유찬이 관련 질문이네."

"뭐예요?"

팬들의 관심에 미소를 지으며 댓글을 확인하는 유찬이다.

그런데.

"유찬이가 평상시에 가장 많이 쓰는 말이 뭐냐고 하시네요."

"오, 저도 궁금한데요."

"아."

이 질문일 줄이야. 곧바로 관심을 보이는 임하경과는 달리 유찬의 동공은 빠르게 흔들리기 시작했다. 상준은 한 치의 망설임 없이 고개를 끄덕였다.

"아, 저는 떠오르는 게 있어요."

"저도."

유찬을 몰고 가는 데 있어선 빠질 리 없는 도영이 씨익 웃으며 유찬을 돌아보았다.

"일단 비방용인데 괜찮아요?"

"......!"

빛보다 빠르게 움직이는 유찬의 손길.

"꾸엑."

넥 슬라이스로 도영을 처단한 유찬이 안도의 한숨을 내쉬었다.

그 순간, 가만히 앉아 있던 제현이 한마디를 툭 던졌다.

"욕 잘해요."

"…야."

"아, 이거 말하면 안 되는 건가?"

옆에서 다급히 옆구리를 찌르는 유찬에도 제현은 무해한 표
정을 지어 보이고 있었다. 순수해서 더 무서운 막내.

—두 번 죽이지 말라고 제현아 ㅋㅋㅋㅋㅋㅋ
—이걸 팩트로 때리네
—비방용 유찬이의 멘트 ㅋㅋㅋㅋ

제현은 폭탄을 던져놓고선 태연하게 머리를 긁적였다.
"비밀이었어요?"
"……."
"유찬아, 포기하면 편해."
어차피 폭탄 같은 이제현을 막을 방법은 없다. 선우의 말에
동감한 유찬은 해탈한 표정으로 고개를 끄덕였다. 그사이, 다
음 희생양을 찾고 있던 임하경의 눈에 다른 댓글이 들어왔다.
"상준 씨가 평상시에 무슨 말을 가장 많이 하냐고도 궁금해하
시네요."
"……."
순간 침묵이 가라앉은 방송실.
'불안한데.'
상준은 두 눈을 굴리며 멤버들을 돌아보았다. 실컷 유찬을 놀
린 뒤지만 막상 같은 상황이 되니 본인을 돌아보게 된다.
'내가 무슨 말을 했더라.'
천천히 턱을 쓸어내리던 도영이 진지하게 입을 뗐다. 도영의
입에서 술술 폭로가 흘러나왔다.

"사실 상준이 형은 화 잘 안내요."

"그러엄. 제가 이렇게 착한 사람······."

"저 형이 진짜 무서울 땐······. 그 말 할 때가 가장 무섭죠."

빠르게 흔들리는 동공. 상준은 도영의 입에서 무슨 말이 튀어나올까 긴장하기 시작했다. 임하경은 두 눈을 반짝이며 도영의 말에 관심을 보였다.

그때였다.

뜸을 들이던 도영의 입에서 말 그대로 무서운 말이 튀어나왔다.

"연습하러 가자."

"아."

"진짜 저건 무섭지."

"세상에서 가장 무서운 멘트예요."

아.

안도의 한숨을 내쉬는 상준과는 달리 멤버들은 진심이었다.

'연습하러 가자.'

'오늘 비 오는데 연습하기 딱 좋은 날씨인 거 같은데.'

'오늘같이 더운 날일수록 연습해야 해.'

연습 못 하고 죽은 귀신이라도 들린 건지 진지하게 고민될 때가 많았다. 도영은 몸을 흠칫 떨며 상준을 돌아보았다.

"도영아."

"어?"

"방송 끝나고 연습하러······."

"아아악!"

진심으로 질겁하는 도영과 웃어대는 임하경. 능숙한 진행을 이어가던 그녀의 시선이 다시 실시간 사연으로 향했다.

"95지연님이 사연 보내주셨네요."

"아, 제가 읽을게요."

대수롭지 않게 사연을 읽어나가던 상준은 이내 두 눈을 끔뻑였다.

넘쳐흐르는 에너지의 사연자.

"방송 잘 보고 있어요, 오빠. 꺄아! 이쪽 봐주세요! 제가 동생인 거 아시죠?"

"……!"

"지금 닉네임 앞에가 태어나신 연도 같은데……."

—착각이에요.

"아, 예."

상준은 머리를 긁적이며 다음 사연을 읽어나갔다.

다행히 다음 사연은 제법 정상적이었다.

"탑보이즈 컴백은 언제 하나요? 이번 앨범 컨셉 좀 알려주세요! 오늘 라디오 하는 거면 곧 컴백 기대해 봐도 되는 건가요?"

"오, 컴백 관련 사연이……."

오랜만에 스케줄이 잡힌 만큼, 팬들의 관심은 컴백에 쏠려 있었다.

—ㅇㅈㅇㅈ

—컴백 언제 해!!!

—컴백 스포 좀 해주세요!

—평상시엔 늘 스포하면서 희한하게 컴백 스포는 안 함ㅠㅠ

—뭔가 느낌이⋯⋯. 곧 컴백할 거 같은데⋯⋯.

3월 말 미니앨범 발매 뒤로 거의 5개월 가까이 휴식기가 있었다. 임하경은 미소를 지으며 댓글을 손으로 가리켰다.

"팬분들이 컴백 언제 하냐고 엄청 물으시는데. 오, 혹시 오늘 출연이 컴백을 알리러⋯⋯."

호들갑을 떨며 멘트를 진행하는 임하경이다. 아직 컴백 일자가 정해지진 않은 상태기에, 선우는 손을 내저으며 웃음을 터뜨렸다.

"그건 아니고요."

하지만.

"컴백 전에 사실⋯⋯. 저희가 준비하고 있는 게 있긴 합니다."

신중을 다해 준비하고 있는 것.

선우의 묵직한 한마디와 함께.

상준과 유찬은 동시에 의미심장한 시선을 주고받으며 고개를 끄덕였다.

*　　　*　　　*

컴백 전에 탑보이즈가 분주했던 이유는 하나였다.

1주년 기념으로 방구석 콘서트를 선보였다면, 이번에는 진짜 콘서트다.

"콘서트! 콘서트라니."

"와, 나 진짜 왜 벌써 떨리지."

"아직 한참 남았잖아."

"에이, 그렇게 한참 남지도 않았어."

도영은 오두방정을 떨며 떨리는 숨을 가다듬었다. 방구석 콘서트를 선보이면서 얼마나 갈망했는지 모른다. 팬들이 무대 앞에 단체로 앉아 있는 상상. 소극장에서 쇼케이스 무대를 진행한 적은 몇 번 있었지만, 이런 대규모 콘서트는 정말 처음이었다.

"올림픽 경기장에서 아마 진행될 거고."

무려 5,000석의 콘서트장. 상준은 침을 삼키며 조승현 실장의 말에 귀를 기울였다.

"무대 구성도 빠른 시일 내로 정할 생각이니까 나오면 바로 알려줄게."

"네에!"

"와, 또 긴장되네."

남은 건 콘서트와 함께 판매할 각종 굿즈들이었다. 수익 면에서 가장 쏠쏠한 것이 굿즈였기에, 디자인 팀에서도 각종 굿즈 상품에 대해 회의하고 있었다. 조승현 실장은 볼펜을 탁 소리 나게 내려놓으며 멤버들을 돌아보았다.

"야광봉을 이번에 정식으로 디자인을 바꿀 계획이고, 티셔츠나 다른 굿즈들도 일단 들어갈 예정이야. 혹시 의견 있으면 디자인 팀으로 넣어줄 테니까 얘기해 봐."

항상 탑보이즈의 의견을 들으려고 노력하는 조승현 실장이다.

잠시 턱을 괴고 있던 도영이 가장 먼저 손을 들었다.

"굿즈 티셔츠에 유찬이 얼굴을 크게 박으면 밤에도 든든할 거 같아요."

"뭐, 이 자식아?"

"귀신도 보고 도망가지 않을… 아악! 왜! 맞는 말만 했는데!"

조승현 실장은 피식 웃으며 볼펜을 집어 들었다.

"그래, 유찬이 얼굴."

"아니, 실장님!"

조승현 실장의 능청스러운 말에 유찬이 난리를 쳤다. 조 실장은 못 말린다는 듯 혀를 차며 자연스레 화제를 돌렸다.

"또 다른 의견은?"

사실 굿즈에 대해 깊게 생각을 해본 적이 없었다. 하지만, 이렇게 기회가 주어진 이상 그럴싸한 의견을 내보고 싶었다.

'굿즈라…….'

팬들도 좋아하고 기억에 남을 만한 굿즈.

턱을 괸 채 고민하던 상준은 벌떡 고개를 들었다.

"아."

방구석 콘서트 때 흘려 지나가듯 했던 한마디가 머릿속을 스쳐갔기 때문이었다.

'저희가 아직까지 콘서트를 선보인 적이 없는데. 오늘 이 시간을 저희의 첫 미니 콘서트이자, 하나의 영상 테이프로 기억해 주셨으면 좋겠습니다.'

한번 조금 특별한 굿즈를 만들어보는 건 어떨까.

상준은 미소를 지으며 손을 들었다.

"영상 테이프는 어떨까요?"

제5장

DREAM THE TOP

콘서트를 준비하는 과정을 영상으로 남기고 팬들에게 USB를 선물하자는 계획. 야심차게 준비했던 상준의 아이디어는 나름 착실히 진행되고 있었다.

디리링―.

「악기의 마에스트로」.

체화했던 재능으로 열심히 기타를 튕기던 상준은 카메라를 슬쩍 돌아보고선 템포를 올리기 시작했다.

빨라지는 리듬과 함께 화려해지는 손놀림.

상준이 듣기에도 만족스러운 연주가 물 흐르듯 이어졌다.

그때였다.

"어?"

저편에서 콧노래를 흥얼거리던 도영이 불쑥 다가와 말을 걸었다. 귀신같은 도영의 한마디가 울려 퍼졌다.

"뭐 해? 카메라 의식 중?"

"…이래서 눈치 빠른 애들은 싫다니깐."

상준은 혀를 차며 돌려 앉았다.

"내가 이럴 때는 또 눈치가 빠르지."

도영은 피식 웃으며 키보드 앞에 자리를 잡았다.

"오랜만에 내 실력을 보여줘 봐야 하나."

허세 가득한 멘트를 뱉어낸 도영은 자신감 넘치는 얼굴로 키보드 위에 손을 얹었다. 얼핏 허세라 보일 수도 있지만 도영의 연주 실력을 아는 상준이야 그를 이해했다.

'피아노는 진짜 잘 치지.'

상준이 재능으로 악기 연주를 익혔다면 도영은 처음부터 피아노 연주에 소질이 있었다.

그것을 증명하듯 키보드 위로 부드러운 도영의 연주가 이어졌다. 유명 뉴에이지 곡을 느낌을 살려서 자연스럽게 치는 도영. 상준은 복수 삼아 툭 말을 던졌다.

"너무 카메라 의식하는 거 아냐?"

"들켰네."

도영은 피식 웃으며 키보드 위에서 손을 뗐다. 상준은 고개를 까닥이며 기타 자판 위에 다시 손을 얹었다. 이왕 이렇게 된 김에 근사한 연주를 보여주고 싶어졌다.

"반주 좀 해줄 수 있어?"

"반주?"

"에펠 반주."

말을 마친 상준은 천천히 'EIFFEL'의 코드를 짚기 시작했다.

다양한 가상악기가 어우러져 몽환적인 느낌을 내던 'EIFFEL' 의 도입부를 기타만으로 표현하는 것은 어려웠지만, 상준의 연주 그 자체로도 충분히 느낌 있는 분위기가 만들어졌다.

원곡보다는 조금 더 부드러운 어쿠스틱 버전의 노래.

"아, 에펠이라면 가능하지."

상준의 연주를 따라 도영도 자연스레 반주를 깔았다.

두두둥.

역시 피아노를 하루 이틀 친 솜씨가 아니다. 코드를 짚으며 감각적으로 상준의 연주에 반주를 까는 도영.

잠시 고민하던 상준은 천천히 'EIFFEL'의 코드를 변주해 갔다.

"어?"

점점 부드러운 느낌으로 바뀌어가는 'EIFFEL'. 어쿠스틱했던 초기의 분위기는 점차 흐려지고, 멜로디는 단조로 바뀌어갔다.

상준은 기타를 든 채 미소를 지으며 물었다.

"이거 발라드로 바꿔볼까?"

그대로 반주를 깔던 도영은 놀란 눈으로 고개를 들었다.

"단조로 가게?"

"어."

'EIFFEL'을 이토록 다른 느낌으로 편곡해 버릴 줄은 몰랐다.

'이런 느낌으로 간다고?'

순식간에 180도로 달라져 버린 노래의 분위기에 도영은 못내 감탄했다.

'이렇게 따라가면 되는 건가.'

도영은 상준의 연주를 따라 자연스레 반주를 바꾸었다. 도영의 피아노 소리가 얹어지자 묘하게 슬픈 노래가 된 'EIFFEL.'

　하지만, 놀랄 일은 거기서 끝나지 않았다.

　도영이 코드를 바꾸기 무섭게 상준은 점차 멜로디를 더해갔다. 도영이 기존의 반주를 유지할 수 있도록 더 이상의 변주를 이어가지 않으면서도, 아예 새로운 멜로디를 창조해 내는 상준이다.

　즉석 연주라고는 믿기지 않을 실력.

　「21세기의 베토벤」.

　이제는 'EIFFEL'의 뼈대만 남은 상태로 전혀 다른 곡이 되어버렸다.

　"와."

　그런데 좋다.

　이렇게 짧은 시간에 탄생한 곡이라고는 믿기지 않을 정도로 수준급인 노래. 앉아 있던 유찬은 저도 모르게 홀린 듯 다가왔다.

　"둘이 뭐 해? 노는 중?"

　상준의 편곡에 질세라 풍성하게 반주를 더해가는 도영이다. 유찬은 그런 둘을 번갈아 바라보며 나직이 감상을 읊었다.

　"독특하네."

　기타와 키보드만으로 만들어낸 것 같은 선율이 아니다. 분명 케이팝인데 묘하게 고풍스러운 느낌. 갑자기 머릿속에 떠오르는 노래가 생겼다.

　'아리랑……?'

　아리랑과 헤비메탈의 콜라보레이션도 해낸 상준이니, 케이팝에 한국적인 요소를 더하는 거라면 충분히 해낼 법했다. 유찬은 머리를 긁적이며 말을 뱉었다.

"이게 뭐야. 한국의 소리, 뭐 그런 건가."

자연스럽게 녹아 들어간 묘한 멜로디에, 도영은 이 노래의 시작이 'EIFFEL'이라는 것도 잊고 완전히 빠져 있었다.

그렇게 정신없이 합주를 이어간 지 몇 분이 흘렀을까.

탁.

상준은 기타를 내려놓으며 유찬에게 넌지시 물었다.

"어때?"

"…좋네."

분명 익숙했던 멜로디가 순식간에 바뀌어 버렸는데도 이 사실 하나는 변함이 없었다. 탑보이즈가 그간 해온 발라드곡과는 다소 다른 느낌의 노래. 상준은 도영을 향해 말을 던졌다.

"우리 자작곡으로도 공연해 볼까?"

"그거 괜찮네."

데뷔한 지 1년이 지난 상태라 곡이 많진 않다. 활동곡에다가 수록곡까지 전부 쓸어도 곡이 충분하지 않은 상황이니, 상준의 말마따나 아예 새로운 곡을 선보이는 것도 분위기 환기상 좋을 거 같았다.

"이런 느낌도 나는 너무 좋은데."

"동감."

가만히 서서 둘의 연주에 빨려 들어갔던 유찬 역시 고개를 끄덕였다.

"자작곡 메모……."

그때, 때마침 옆에서 중얼거리는 제현이 눈에 들어왔다. 상준은 피식 웃으며 제현에게도 물음을 던졌다.

"제현아."

"어때?"

대답대신 고개를 끄덕여 보인다. 깐깐한 제현의 시선에서도 통과되었다면 더 볼 것도 없었다.

"반주 기억하지?"

"대강."

"사실 내가 기억하긴 했어."

"…왜 물은 거야?"

상준은 다급히 악보를 꺼내 음을 받아 적기 시작했다.

'코드, 반주, 그리고 멜로디 진행.'

이 위에 어떤 가상악기를 새롭게 더할까. 유찬이 말했던 대로 확실히 편곡의 방향을 정하는 것도 좋을 거 같았다.

"한국의 소리랬지?"

"묘하게 고풍스럽더라고."

노린 건 아니었지만, 이 느낌을 최대한 살려본다.

스윽. 슥.

순식간에 악보 한 페이지를 다 채워 나간 상준은 천천히 볼펜을 내려놓았다. 도영은 혀를 차며 못 말린다는 듯 말을 뱉었다.

"매번 봐도 저 콩나물은 익숙해지질 않아."

"상준이 형이 빠르긴 하지."

"빠르기만 한 수준은 아니지 않냐."

도영과 유찬이 중얼거리든 말든 크게 신경 쓰지 않는 상준이다. 남은 건 가장 위 칸의 제목란일 뿐. 상준은 고개를 돌려 제현에게 다시 물었다.

"제현아. 노래 제목 좀 정해줘."

다섯 중 가장 기발한 아이디어로 이따금 모두를 놀라게 하는 제현이다.

'한국적인 노래라…….'

그런 제현의 입에서.

"다보탑."

오늘도 놀라운 한마디가 튀어나왔다.

*　　　　*　　　　*

"다보탑은 마무리됐고."

"노래 제목 진심으로 그거야?"

"왜? 그럴싸한데."

상준은 도영의 만류를 무릅쓰고 어깨를 으쓱였다.

"에펠탑이 타이틀곡이었는데 다보탑이 어때서."

"아니, 우리 제목은 에펠탑이 아니라 에펠이었잖아."

"그럼 다보……?"

도영은 진심으로 인상을 찌푸리며 한 걸음 뒤로 물러섰다.

"더 이상함. 이것도 진심이야."

"그래, 그럼 다보탑 하자."

"결론이 좀 이상한데."

지금 자작곡 제목에 신경 쓸 새가 없었다. 콘서트까지의 기간이 얼마 남아 있지 않던 터라 꼬박 이틀 내내 편곡에 매달린 상준이었다. 오늘도 여전히 상황은 다르지 않았고.

"그대로 보여줘도 되지 않아?"

"발라드 곡들은 조금 느낌 바꿔보고 싶었거든."

「그 위에서」와 「그리고 있어」를 작곡한 정용찬 작곡가에겐 이미 자문을 받아둔 상태였다. 좀 더 콘서트 분위기에 맞게 풍성한 형태로 편곡을 하고 싶었다.

"이 정도면 괜찮은데."

헤드셋을 뺀 상준은 만족스러운 미소를 지어 보였다. 콘서트장의 느낌을 살려 가상악기를 여럿 추가하고 보다 조화로운 곡을 만들어냈다.

'버리기'를 최우선으로 생각했던 상준의 편곡 방식과는 꽤 다른 스타일이었다.

이제 남은 곡은 하나.

'어릿광대의 죽음.'

상준은 고개를 들어 유찬을 올려다보았다. 다른 곡들에 비해서도 편곡이 상당히 까다로웠던 곡이다. 보편적인 멜로디 라인을 따라가는 정용찬 작곡가와는 달리, 우진은 본인의 특색이 강한 곡을 쓰고 있었다.

다만 거기에서 이전의 난해함이 빠졌을 뿐, 차마 다른 사람이 손쉽게 건드릴 수 있는 스타일의 노래가 아니다.

"가볼까?"

그래서 우진에게 직접 찾아가기로 한 상준.

똑똑.

곧바로 작업실로 내려간 상준은 문을 두드리며 우진을 찾았다.

"안에 있으려나."

"있는데?"

상준은 따라온 유찬이 고개를 갸웃거리더니 안에 있는 우진을 확인했다. 잠깐 뒤 황급히 뛰어나온 우진은 상당히 놀란 기색이었다.

"어? 무슨 일이세요?"

"어, 오랜만."

상준은 손을 흔들어 보이며 피식 웃었다.

"완전 슈퍼스타가 되셨던데."

농담조로 던진 상준의 말이지만 반은 진심이었다. 「어릿광대의 죽음」은 도영의 눈물로 기존보다 한층 화제가 되었다.

그 덕에 자연스레 우진의 이름도 다시 한번 대중에게 알려졌고, 우진은 스타 프로듀서로서 순항하고 있었다.

"에이, 아직 멀었죠."

우진은 겸손하게 고개를 저으면서도 솔직한 말을 더했다.

"곡 주문이 터지긴 해요. 이번 달에 컴백하시는 블랙빈 선배님들 타이틀곡도 맡게 되어서."

"타이틀곡을?"

"처음부터 타이틀로 뽑은 건 아닌데……."

내부 심사 결과 최종 타이틀곡으로 선정됐단다.

마무리 편곡 작업을 하고 있다는 우진의 말에, 상준은 헤드셋을 낀 채 눈을 반짝였다.

"들려 드릴까요."

"일단 틀어봐."

"기대되는데?"

그간 워낙 좋은 곡을 선보였기에 유찬도 제법 들뜬 표정으로 말을 없었다. 우진이 트랙을 열자마자 강렬한 드럼 비트가 귀를 때렸다.

두두둥.

첫 소절부터 중독성 있는 멜로디가 상준을 사로잡는다.

탑보이즈의 곡과는 전혀 다른 스타일의 노래.

"와, 네가 이런 곡도 써?"

몇 소절을 듣던 상준은 놀란 눈으로 헤드셋을 내렸다. 몽환적인 분위기의 노래를 주로 작곡했던 우진의 스타일과는 달리 파워풀한 블랙빈의 색이 녹아 들어간 곡.

이제는 아티스트의 색을 온전히 살려 우진만의 장르를 구축한다. 날이 갈수록 늘어나는 우진의 실력에 상준은 감탄을 뱉었다.

"대단한데."

우진은 단순히 칭찬으로 받아들였는지 모르겠지만 상준은 진심이었다. 그의 재능을 줄줄이 늘어놓아 봤자 입만 아플 테니 이쯤에서 본론으로 들어가야 했다.

"사실 부탁할 게 있어서 왔어."

"부탁이요?"

"우리가 막힌 게 하나 있어서."

도무지 편곡하려야 할 수가 없었던 「어릿광대의 죽음」.

사실 원본을 최대한 살린 채로 최소한의 편곡을 진행한다면야 방법이 있겠지만, 상준이 원하는 방향은 사뭇 달랐다.

그런데.

"에이, 선배님이요?"

우진은 믿기지 않는다는 눈길로 고개를 갸우뚱해 보이고 있었다. 상준은 황당하다는 듯 웃음을 터뜨렸다.

"야, 나도 사람이야."

"선배님이 사람이라니, 그건 인류가······."

"그 소리는 도영이한테 지겨울 정도로 들었고."

상준은 혀를 차며 주머니에서 USB 하나를 꺼냈다.

툭.

딱 두 곡을 담아 온 USB.

살짝 긴장한 상준의 입에서 한마디가 튀어나왔다.

"이건 어때?"

*　　　　*　　　　*

상준이 먼저 들이민 노래는 '다보탑'이었다.

두 눈을 감은 채 유심히 1절을 듣던 우진은 한참이 지나서 헤드셋을 내려놓았다.

"와, 좋네요. 에펠에서 변주하면 이렇게 들어가는구나."

즉흥연주 뒤 편곡을 위해 심혈을 기울였던 곡이니 칭찬은 그렇다 쳐도. 우진의 말을 곱씹던 상준은 흠칫 놀라며 되물었다.

"···어떻게 알았어?"

"변주한 거 아니에요?"

거의 뼈대를 제외하고선 해체한 거나 다를 바가 없는 곡이다. 180도로 달라진 곡 앞에서 'EIFFEL'의 형체를 찾아낸 우진에 상준은 두 눈을 끔뻑였다.

그러거나 말거나 우진은 침착 그 자체였다. 우진은 담담한 목소리로 덧붙였다.

"선배님은 이런 느낌으로 편곡하시잖아요."

"내가?"

"기본 틀을 살리고 그 외 다른 것들은 쳐내서 새로운 부품으로 갈아 끼우는 스타일."

그걸 몇 번의 편곡으로 눈치채다니. 정작 당사자인 상준조차 자신의 스타일에 대해 깊이 있는 분석을 해본 적이 없었다. 상준은 우진의 말에 피식 웃으며 고개를 끄덕였다.

"볼 때마다 놀란다니까."

'재능을 타고나면 저런 느낌일까.'

어쩌면 재능을 얻게 된 자신을 보고 다른 사람들도 똑같은 감정을 느끼지 않을까. 상준은 미묘한 표정을 지은 채 말을 이었다.

"그거 제목 말이야."

"넵."

"다보탑인데 괜찮지?"

잠깐 동안 이어진 침묵.

우진은 의아한 낯빛으로 고개를 돌렸다.

"네?"

"……."

"노래 제목이요?"

두 번 물어도 변하는 것은 없다. 우진은 흐뭇하게 미소를 짓고 있는 상준을 보고선 혼란스러워졌다. 그 와중에도 상준의 뒤에 서 있던 유찬의 표정은 썩어 들어가고 있었다.

"아니, 이 노래 제목의 심각성을 저에게 듣고 싶은 건……."

"크흠."

"네가 봐도 심각하지? 내가 봐도 심각한데 우리 멤버들이 다 심각성을 모르더라고."

유찬이 질세라 말을 얹자 상준은 헛기침을 하며 말을 돌렸다. 애당초 이곳을 찾아온 이유는 따로 있었으니까.

'일단 이거나 물어보자.'

상준은 헛기침을 하며 말을 뱉었다.

"그거 말고 사실 다음 트랙이야."

상준은 모니터 화면을 손으로 가리켰다.

[Demo 5].

"사실 이거 데뷔앨범 때 묵혀두었던 소스인데."

저 노래에는 제법 깊은 역사가 있었다. 당시 데모 3번이었던 노래가 모닝콜. 정용찬 작곡가와 조승현 실장의 전폭적인 지지로 모닝콜이 데뷔앨범에 실리게 되었지만, 그와 별개로 상준이 애착을 가졌던 곡은 바로 데모 5번이었다.

"개인적으로는 되게 마음에 들거든."

"선배님이 마음에 드셨다면야 괜찮은 곡이겠네요."

언제나처럼 무미건조한 목소리로 대답하는 우진. 상준은 당황한 기색으로 끼어들었다.

"…그, 잠만."

"네?"

"너무 자동응답기처럼 말하는 거 아냐?"

"아, 그런가요."

잠시 고민하던 우진은 엄지손가락을 치켜세우며 입을 열었다. 아까와는 달리 나름의 감정을 실은 목소리가 어색하게 울려 퍼졌다.

"너무 괜찮을 거 같습니다."

"아, 그래."

"푸흡."

유찬은 팔짱을 낀 채 웃음을 터뜨렸다. 사실 데모 5번이라면 당시 같은 자리에 있었던 유찬의 기억 속에서도 어렴풋이 남아 있었다.

'미완성 곡이었던가.'

모두의 관심이 데모 3번에 쏠렸던 터라 기억이 희미하긴 했지만, 유찬 역시 그 곡에 나름대로 관심을 가졌었다.

"멜로디는 나쁘지 않았던 거 같은데."

그럼에도 그 소스를 사용하지 못했던 이유는 난이도였다. 끝끝내 완성형으로 만들어내지 못했기에 상준의 머릿속을 떠돌아다니기만 했던 노래.

사실 「21세기의 베토벤」을 습득하고 나서 그랬던 적이 흔치는 않았다. 대부분 머릿속에서 떠다니던 노래는 밖으로 끄집어낼 수 있을 정도의 재능을 갖게 된 상준이다. 그런 상준에게 처음으로 벽을 느끼게 했던 노래.

'그때는 부족해서 그런 줄 알았지만.'

어제 내내 고민했는데도 쉽게 풀리지 않는 곡을 보며 상준도 백기를 들었다. 하지만, 아예 수확이 없는 것은 아니었다. 어떤 방향으로 수정해야 할지 대강 감을 잡은 상태.

형체만 모호한 곡의 뼈대를 확실히 세우기 위해 우진의 도움이 필요하다 생각했다.

"어떤 거 같아?"

우진은 상준의 말을 들으며 데모 5번을 감상했다.

"아, 이런 느낌이군요."

역시나 좋다. '모닝콜' 못지않게 중독성 있는 멜로디를 지니고 있는 곡이라 잘만 뽑히면 괜찮은 곡이 나올 거란 확신이 들었다.

하지만.

상준은 인상을 찌푸리며 나직이 말을 뱉었다.

"너무 어렵더라고."

그래서 한참을 고민해 봤는데.

"어릿광대의 죽음."

"아, 그 노래요?"

"…어울리지 않을까?"

상준의 말을 곧바로 이해한 우진은 머릿속에서 빠르게 도안을 그리기 시작했다. 두 개의 서로 다른 노래가 하나로 어우러지기 위한 완벽한 설계도.

상준은 우진의 눈치를 살피며 조심스레 물었다.

"괜찮아?"

"저는 좋죠."

어릿광대의 죽음을 상준의 소스에 녹여 넣는 거야 찬성이었다.

"완전 다른 방향으로 편곡하시겠다는 거죠?"

아예 새로운 노래로 바꿔 버리면서 상준이 원하던 소스를 살려내겠다는 계획. 혼자서는 머리를 싸맨 채 한참을 고민했지만 우진의 도움이 있다면 가능할 것도 같았다.

'공동 작곡이라니.'

우진은 우진대로 혼자 들떠 있었다. 롤 모델인 상준과 함께 곡을 쓰게 될 줄이야. 「어릿광대의 죽음」의 주요 멜로디를 꽉꽉

처내는 선에서라도 훨씬 좋은 곡을 만들어보고 싶어졌다.

"선배님."

"어."

"합창 해보신 적 있지 않으세요?"

합창?

우진의 한마디에 상준은 기억을 되짚어냈다. 「원형석의 뮤직 스튜디오」에서 비장의 무기로 합창을 선보였던 탑보이즈다. 상준은 놀란 눈으로 우진에게 되물었다.

"그걸 네가 어떻게 알아?"

"제가 다 챙겨 봤……."

"이야, 미래의 스타 프로듀서가 우리 영상도 챙겨 보셨네."

우진의 말이 끝나기 무섭게 유찬이 탄성을 터뜨리며 능청스레 말했다. 우진은 그런 유찬의 말에 당황한 기색으로 손사래를 쳤다. 귀까지 빨개진 걸 보니 우진답지 않게 적잖이 당황한 모양이었다.

"에이, 그런 거 아니고. 그냥 우연히……?"

"그래서 합창이 왜?"

우진은 간신히 정신을 잡고선 말을 이었다.

"그때 그 합창 느낌을 살려보면 좋을 거 같아서요."

"풀어볼 수 있겠어?"

음악에 감각이 있는 상준의 입장에선 그 난이도를 알 것 같았다. 결코 쉬운 일은 아니다. 걱정스레 묻는 상준을 향해 우진이 되물었다.

"이게 이번 콘서트의 히든카드인가요."

상준은 천천히 고개를 끄덕였다.

"그런가 봐."

유찬 역시 은근슬쩍 자연스레 묻어갔다.

그런 둘을 돌아보며 잠시 고민하던 우진. 그의 입에서 자신감 넘치는 한마디가 튀어나왔다.

"할 수 있을 거 같아요."

*　　　　*　　　　*

그렇게 꼬박 몇 시간이 흘렀을까.

"와."

상준은 입을 벌리며 탄성을 터뜨렸다.

"이건 미쳤는데?"

천재가 괜히 천재가 아니다.

가슴이 뛰기 시작하는 노래. 멜로디를 하나하나 새겨서 음미하고 싶을 정도다.

"대박."

유찬 역시 같은 심정이었는지 모니터의 화면에서 눈을 떼지 못했다. 대체 어떤 구조로 이런 미친 노래가 만들어진 건지 분석하기 위해, 유찬의 눈동자가 분주하게 움직였다.

물론 고작 그런 수준으로는 저걸 이해하지 못할 게 뻔했다. 저건 정말 천재의 영역이었으니까.

"이 상태에서 이 부분 음 살짝 맞추면 될 거 같은데?"

"아, 이 트랙이요?"

"어, 여기서 코드… 바꿔볼까?"

"전 좋아요. 어? 저도 이게 더 좋은 거 같은데요."

이 와중에 대화가 통하는 상준과 우진을 번갈아 돌아보며 유찬은 작게 중얼거렸다.

"괴물들의 대화네……."

자기 같은 사람이 끼어들 데가 아니라며 혀를 차는 유찬.

그렇게 마지막으로 상준이 손을 보고 났을 때.

'아까도 이미 충분했는데.'

저기서 더 나은 곡을 뽑아낼 거라고는 생각하지 못했던 유찬도.

제 손으로 머릿속 그림을 트랙에 옮겨놓았던 상준도.

마지막으로 이 노래를 작곡해 낸 우진까지.

노래의 첫 소절이 시작한 순간.

셋은 동시에 고개를 들었다.

"이거다."

＊　　　　＊　　　　＊

[JS 엔터, 15일 탑보이즈 콘서트 개최]

[탑보이즈 'Dream the top' 콘서트, 첫 콘서트로 팬들 맞이해]

[탑보이즈 서울 콘서트 티켓 오픈, 미공개 음원 공개]

—콘서트라니 아니 콘서트라니!! 내 통장아, 어서 일해

ㄴ나레기 일해!

ㄴ솔직히 이젠 숨겨두었던 비상금을 털 때가 온 것 같습니다

ㄴ이렇게 텅장이 되어버리고…….

ㄴ킹치만……. 콘서트는 어쩔 수 없다고 ㅠㅠㅠㅠ

─제 모든 돈을 여기에 걸었습니다

└2222

└미공개 음원이라니! 우리 애들이 대체 멀 준비하고 있는거야!

└저는 행복합니다

└히든 트랙도 나온다던데? 신인이 준비하는 콘서트 맞냐

└히든 트랙? 미공개 음원? 궁금해 죽겠네

└자세한 얘기는 안 나왔어?

└ㅇㅇ 그날 콘서트에서 알 수 있나 봐

└대부분 편곡도 했다던데. 난 간다, 무조건 간다 ㅠㅠ 이번 무대는 놓칠 수가 없다

"미공개 음원……."

털썩.

상준은 바닥에 주저앉으며 작게 중얼거렸다.

그 미공개 음원 때문에 이렇게 개고생을 하고 있다. 그새 열정이 넘쳐흐른 제현이 노트를 손에 쥔 채 다가왔다.

"형, '다보탑' 연출 어떻게 들어가야 하지?"

"아, 다보탑? 회의해 볼까?"

인생 첫 번째 콘서트이니만큼, 다들 온 힘을 다해 콘서트를 준비하고 있는 중이다.

하지만.

사공이 많으면 배가 산으로 간다.

"아아악, 다들 조용히 해봐."

"왜! 괜찮은 의견인데!"

"차도영, 넌 시끄럽고."

다들 열심히 다른 방향으로 배를 젓고 있었다. 상준은 제현의 말을 들으며 깊은 한숨을 내쉬었다. 연출에 대해 깊은 고민에 빠져 있었던 제현은 지나치게 신박한 연출을 들고왔다.

"다보탑이니까 연출은 피라미드 느낌으로 가면 어떨까?"

가만히 듣고 있던 도영이 황당하다는 듯 타박을 던졌다.

"대체 무슨 연관성이야, 그게. 무슨 너튜브 알고리즘이야?"

"아니, 들어봐. 둘 다 탑이잖아."

"피라미드가 언제부터 탑이었어?"

"일단 뭐가 세워져 있으면 탑이지."

맙소사.

상준은 혀를 차며 제현을 향해 돌직구를 던졌다.

"너도 땅에 세워져 있으니까 탑이겠네?"

"아, 그런가?"

"……."

"그 생각을 미처 못 했네."

해맑게 웃는 제현을 보며 상준은 머리를 짚었다. 어찌 되었건 이 상한 논리로 주장하던 제현의 결론은 인간 피라미드였다. 피라미드 구조물을 무대에 설치하는 것도 아니고 스스로 피라미드가 되라니.

"예산 절약하는 소리가……."

"실장님이 좋아하시겠다."

"하하하."

너무 즐겁다.

그래도 한 번은 시도해 보자며 제현의 말을 따라준 멤버들 덕에 다섯은 다시 산을 향해 배를 젓기 시작했다. 선우는 제현의 어깨를 툭툭 치며 물었다.

"대강 생각해 둔 건 있어?"

"일단 이건 연장자 순으로 가자."

"오, 연장자 우대야?"

선우와 상준이 동시에 관심을 보였다. 제현은 해맑게 덧붙이며 그런 둘의 기대를 꺾어놓았다.

"아니, 둘이 가장 밑에… 아악!"

제현을 빠르게 응징한 선우가 두 팔을 걷어붙이며 말했다. 쓸데없이 의미심장한 표정이다.

"일단 해보자."

선우의 한마디에 상준은 인상을 찌푸리며 말을 뱉었다.

다른 아이디어도 아니고.

"이걸 해본다고?"

          *   *   *

물론 정말 해보는 탑보이즈다.

이미 배는 산을 지나쳐 꼭대기를 향해 열심히 오르고 있었다. 이게 배인지 케이블카인지도 헷갈릴 지경으로.

웬만한 포즈 중에서도 난이도가 상당히 높은 인간 피라미드.

콘서트에서 이 괴상한 아이디어를 실현하겠다는 목적으로 개고생을 하고 있는 그들이었다.

"내 머리 밟지 말라고!"

"형 머리 되게 소프트한데? 살짝 빈 거 같아!"

"죽고 싶냐, 이제현."

제현에게 머리를 밟힌 도영이 이를 악무는 동안, 바닥에 있던 선우는 앞으로 고꾸라졌다. 몸치가 견딜 수 있는 포즈는 아니었다.

"인간 피라미드라니……."

선우는 골골대며 손사래를 쳤다.

"아이고, 나는 관절이 삐걱거려. 기름칠이 덜 된 거 같아."

"그건 고기를 안 먹어서 그런 거 같은데."

망할.

이렇게 해선 연출이고 뭐고 어림도 없다. 상준은 간신히 정신줄을 붙든 채 입을 열었다. 일단 인간 피라미드는 사람이 할 짓이 아니라는 건 똑똑히 확인했다.

"자자, 다들 정신 차리고."

진짜 산으로 갈 뻔했다.

아니, 이미 갔다 오긴 했다.

'나라도 정신 똑바로 차려야지.'

상준은 유찬을 돌아보며 나직이 물었다.

"안무는 준비됐지?"

연출은 잠시 내버려 두더라도.

가장 중요한 안무를 짤 차례였다.

간신히 유찬의 정렬에 따라 안무를 체크하기 시작하는 멤버들.

"아, 어렵네."

그간 안무가 선생님에게 도움을 받아왔지만, 이번 곡만큼은 탑보이즈의 힘으로 꾸며보고 싶다는 생각에 이 지경이 됐다. 도영과 유찬은 나란히 서서 안무를 다시 짜기 시작했다.

"일단 여기까지 짰으니까 해보자."

"오케이."

오늘도 열정 가득한 상준의 목소리가 연습실 안에 울려 퍼졌다.

"자, 다들 파이팅 넘치게!"

*　　　　　*　　　　　*

불쑥 일주일 앞으로 다가온 콘서트. 멤버들은 떨리는 심정으로 콘서트장에 들어섰다. 오늘은 콘서트 무대를 마지막으로 체크하는 날. 침을 삼키며 콘서트장에 들어선 상준은 그대로 멈춰 섰다.

"와."

상상도 못 했던 크기. 밖에서 볼 때도 충분히 거대했지만, 막상 안에 들어오니 차원이 다르다. 5천석 넘게 확보된 관객석을 돌아보며 상준은 벌어진 입을 다물지 못했다.

"개쩔어."

"도영아, 이미지 좀."

"어후, 이걸 어떻게 다른 말로 표현해요."

상준 역시 도영의 말에 백번 공감했다. 이런 무대 위에 설 수 있을 날이 오리라곤 단 한 번도 생각해 본 적 없었는데. 어느덧 현실이 됐다.

'무대 위에 같이 서자니깐.'

상준은 문득 상운의 말을 떠올리며 저도 모르게 입술을 지그시 깨물었다.

하지만, 그것도 잠시.

상준은 이곳에 온 본연의 목적을 상기했다.

"무대 동선 한 번씩 체크하면 좋을 거 같은데."

쇼케이스장에서도 조명과 무대를 체크했던 상준이다. 좀 더, 아니 조금 많이 규모가 커지긴 했지만 이정도는 거뜬하다. 여러 번의 무대 경험이 불러온 능숙함.

"여기 조명 한 번 체크해 주세요."

상준은 분주하게 돌아다니며 예리한 눈길로 이곳저곳을 살폈다. 지난번 무대 사고 이후 한층 더 예리해진 상준이다.

'다치면 안 되니까.'

음향사고가 날 수도 있고 조명이 갑자기 꺼질 수도 있지만. 절대 무대 사고가 나서는 안 된다. 무대 아래로 떨어졌던 아찔한 경험을 생각하니 이리 꼼꼼해질 수밖에 없었다.

"장난 아니네."

그런 상준을 유심히 지켜보던 조명 팀 스태프가 중얼거렸다.

"참 꼼꼼하긴 해."

그 옆의 다른 스태프도 고개를 끄덕이며 동감했다. 쇼케이스를 비롯해서 여러 번 탑보이즈의 무대를 따라다니다 보니 상준의 성격을 멀리서 지켜봐 온 그들이었다.

"지난번에도 저렇게 체크했었잖아."

"문제는 어떤 조명이 어디에 들어가야 하는지도 잘 알고 있던데."

'다보탑' 연출 면에서 다른 스태프와 짧게 얘기를 나누고 있는 상준이다. 대부분은 이미 연출 팀에서 짠 상태였지만 거기에 탑 보이즈의 의견을 더하는 건 맏형인 상준과 선우의 몫이었다.

그중에서도 단연 상준은 튈 수밖에 없는 인물이었다.

"뭐가 저리 전문적이야."

"하여간, 독특한 캐릭터야."

팔짱을 낀 채 상준의 얘기를 주고받던 스태프들은 놀란 눈으로 고개를 돌렸다.

후다다닥.

저편에 서 있던 상준이 그들을 향해 달려왔기 때문이다.

"허억… 헉."

거친 숨을 몰아쉬며 한달음에 달려온 상준. 주황색 옷을 입고 있던 스태프는 두 눈을 끔뻑였다.

'들었나?'

딱히 욕을 한 게 아님에도 괜히 찔린다.

"어, 왜요?"

대충 변명을 지어내려던 순간, 상준이 흠칫하며 뒤로 물러섰다.

"어엇, 죄송해요. 도영이인 줄 알았어요."

뒷모습만 보고 저렇게 전력 질주로 뛰어왔다니.

주황색 옷을 입은 도영을 돌아본 스태프는 당황한 기색으로 고개를 끄덕였다. 그새 상준은 다시 도영에게로 달려가고 있었다.

'뭐, 대단한 일이라도 있나.'

저리 급하게 같은 팀 멤버를 찾는 걸 보니 무슨 사연이라도 있겠거니 하는 스태프.

상준은 도영의 어깨를 툭 치며 다급히 말을 뱉었다.

"저기 유찬이 봐봐."

상준은 파란 조명 아래에 선 유찬을 손으로 가리켰다. 굉장히 의미심장해 보이는 둘의 대화에 스태프는 귀를 마저 기울였다.

그런데.

"진짜 파워에이드 같지 않아?"

어?

스태프는 이어지는 상준의 말을 들으며 혼란스러워졌다.

"파워에이드?"

"도영아, 너도 빨리 와. 레모네이드 해보자."

"오케이."

파랑 조명 아래에서 쓸데없이 허세 가득한 포즈를 잡아 보이는 유찬과, 이유 없이 신나서 상준과 함께 무대 아래로 달려가는 도영.

"와, 진짜 레모네이드 같다."

"맞네."

"크으, 내가 조명 아래서 빛이 조금 나긴 하지?"

조명 팀 스태프는 머리를 긁적이며 입을 열었다.

"저거 때문에 저렇게 다급하게 부른 겁니까?"

"그… 그런가 본데."

옆에 서 있던 스태프는 혀를 차며 커피 한 모금을 홀짝 들이켰다.

"하여간, 독특한 캐릭터라니깐."

이번에는 조금 다른 의미였다.

*　　　　*　　　　*

할 수 있는 최대한의 준비를 마치고, 마침내 콘서트는 전날로 다가왔다. 최선을 다했다 하더라도 막상 이렇게 되니 떨린다. 이미 새벽 1시가 넘은 시간임에도 다들 덜덜 떨며 잠을 못 이루고 있었다.

"안 떨려?"

도영은 2층 침대에서 뒹굴거리다 조심스레 물었다. 고요한 방 안에 도영의 목소리만 울려 퍼졌다. 아래층에 있던 유찬은 고개를 까닥이며 입을 열었다.

"후우…… 떨린다."

상준 역시 떨리는 심장을 진정하려 애를 썼다.

이렇게 많은 팬들과 함께한 적이 있었던가. 두 번 다신 오지 않을 첫 콘서트. 그 역사적인 날까지 꼬박 하루도 남지 않았다는 것이 믿기질 않았다.

잠시 고민하던 선우가 몸을 일으켜 침대 위에 앉았다.

"콘서트 가면 꼭 하고 싶었던 거 뭐 있어?"

"나……?"

"누구든?"

선우의 물음에 가장 먼저 답한 것은 제현이었다. 아까부터 말이 없길래 자고 있을 줄 알았는데. 아래층에서 제현의 목소리가 흐릿하게 울려 퍼졌다.

"물 뿌리는 거?"

"잘 자라라고?"

상준의 타박에도 제현의 로망은 그대로였다.

"아니, 그……. 멋있잖아."

제현다운 이상한 로망. 상준이 못 말린다는 듯 피식 웃음을 터뜨리자, 도영이 벌떡 일어나며 침대 밖으로 고개를 내밀었다.

"맞다."

실제로 콘서트 가면 분위기를 띄우기 위해 관객석을 향해 물을 뿌리는 경우도 빈번하긴 했지만, 다짜고짜 그게 멋있다니. 하지만 유감스럽게도 도영의 로망 역시 비슷했다.

"그거 진짜 멋있긴 하네."

머리를 쭉 뺀 채 작게 중얼거리는 도영.

"아악!"

아래층에 누워 있던 유찬은 불쑥 나타난 도영의 얼굴에 경기를 일으켰다.

"야, 공포냐?"

"뭐가?"

"네 얼굴이 공포잖아!"

어둠 속에서 갑자기 튀어나온 도영의 얼굴이라니. 고통스러워하는 유찬을 뒤로하고 도영은 능청스레 말을 뱉었다.

"야, 잠도 안 오는데 그거 연습이나 할래?"

제현이 쏘아 올린 작은 공.

"그럴까?"

때마침 잠이 오지 않았던 선우 역시 자리에서 일어났다.

"뭐야, 어떻게 된 거야."

상준은 부스스한 머리를 손으로 정리하며 침대에서 내려왔다. 충격을 받은 채 널브러져 있던 유찬도 못 이기는 척 방을 나섰다.

"지금 새벽 2시야."

상준은 해탈한 듯 웃어대며 멤버들의 삽질을 지켜보았다. 그러거나 말거나 이미 도영과 제현은 잔뜩 신나 있었다.

"물 챙겨! 물 챙겨!"

"와, 숙소에 물병 엄청 많은데."

"이날을 위해서 모아놨네."

"그게 무슨 헛소리야."

대놓고 대여섯 병을 꺼내 온 도영. 처음에는 떨떠름한 표정으로 서 있던 유찬도 도영의 적극적인 삽질에 관심을 보이기 시작했다.

"이거 물 좀 비우고 뿌려야 하거든."

콸콸.

순식간에 물의 절반을 위장에 버린 도영은 두 눈을 반짝이며 뚜껑을 열었다. 신중한 눈빛으로 타이밍을 재던 도영이 천천히 손을 들던 순간.

"아아아악!"

물병에서 고른 물줄기가 뿜어져 나왔다.

멀쩡하던 숙소에 벌어진 대참사에 상준은 기겁하며 도영을 붙들었다.

"야! 화장실에서 해!"

"예에에에!'

"괜찮아, 물은 어차피 말라!"

물이 마른다니.

마르기 전에 바닥이 썩지 않을까.

유일하게 현실적인 생각을 하고 있는 유찬과는 달리.

"워후! 예에에!"

이미 새벽이 지나서 정신 줄도 함께 놓아버린 멤버들.

"와아아악!"

"와, 물 진짜 잘 뿌리지 않았어? 선우 형, 봤지?"

"대박인데?"

그렇게 탑보이즈 숙소에 워터 파크가 개장한 순간이었다.

＊　　　　　＊　　　　　＊

"어으. 몇 시야."

같은 시각, 자취방에서 자고 있던 송준희 매니저는 벌떡 일어났다. 내일이 콘서트다 보니 잠이 안 오는 것은 그 역시 마찬가지였다. 한달음에 달아나 버린 잠에 그는 곡소리를 내며 벽에 기댔다.

"벌써 거의 3시네."

숍에 들러야 하는 데다가 이거저거 준비하려면 이른 아침부터 바쁠 예정이다. 리허설까지 있으니 아침 일찍 일어나야 할 터. 시간이 애매해진 송준희 매니저는 한숨을 내쉬며 고민했다.

"진짜 빨리 일어나야 하는데."

지금 다시 자기도 다소 애매한 상황. 고민하던 송준희 매니저는 힘겹게 자리에서 일어났다.

"차라리 미리 숙소에 가 있는 게 낫겠다."

어차피 숙소에 들러야 하니 거기에서라도 잠깐 쪽잠을 자는 게 낫다. 그렇게 판단한 송준희 매니저는 골골대며 집을 나섰다.

여름이라고는 믿기지 않을 정도로 은근히 선선한 새벽 공기.

차를 끌고 탑보이즈 숙소에 도착한 송준희 매니저는 기지개를 켜며 문을 열었다.

띠리링—.

지금 이 시간쯤이면 자고 있을 멤버들을 생각해 최대한 조용히 들어가려던 송준희 매니저.

그런데.

"와아아악!"

"예에에."

"물병 하나 추가 좀!"

전혀 예상도 못 했던 워터 파크의 현장이 그를 기다리고 있었다.

"이게 무슨……."

사방에서 쏟아지는 물줄기.

아예 돗자리까지 깔아놓고 본격적으로 뛰어놀던 멤버들은 싸늘한 예감에 그대로 멈춰 섰다.

송준희 매니저와 눈이 마주치고만 멤버들.

'망했다.'

선우는 기겁하며 침을 삼켰다.

이윽고 충격에 빠져 있던 송준희 매니저의 한마디가 울려 퍼졌다.

"뭐야, 이 개판은."

*   *   *

앉아만 있어도 쏟아지는 졸음.

"……!"

단체로 머리를 꾸벅거리던 멤버들은 손뼉 치는 소리에 놀라 일어났다.

짝.

모두의 시선을 집중시킨 손뼉 소리는 조승현 실장이 낸 것이었다. 도영은 두 눈을 비비며 앓는 소리를 냈다.

"…졸려요."

"졸리지, 그럼 안 졸려?"

조승현 실장은 혀를 차며 팔짱을 끼었다. 어제 있었던 일을 이미 송준희 매니저에게 전해 들은 모양이었다. 도영은 헛기침을 하며 조승현 실장의 눈치를 살폈지만 이미 그의 잔소리는 시작되고야 말았다.

"어제 그렇게 워터 파크를 열어놨다면서."

"아."

"아주 그냥 신나서 노셨어? 그것도 콘서트 전날에."

잠이 오질 않아서 설치는 김에 뛰어놀았다는 도영의 변명은 유감스럽게도 통하질 않았다. 옆에 서 있던 송준희 매니저도 못 말린다는 듯 고개를 저었다.

"다음에 또 콘서트 전날에 그러고 있으면 12시부터 감시할 줄 알아. 취침 시간이라도 정해놔야 하나. 아니, 세상에 물놀이를 한다고 콘서트 전날에 밤을 새는 아이돌이……."

그때였다.

"이번에 난리 났다면서요?"

메이크업 디자이너가 자연스레 송준희 매니저에게 말을 걸었다. 난처해하는 탑보이즈를 위한 구원자 같은 존재. 상준은 속으로 감사인사를 외치며 그녀의 말을 들었다.

"뭐가요?"

"콘서트 티켓. 이번에 1분 만에 매진됐다던데."

그녀의 한마디에 굳어 있던 조승현 실장의 입꼬리가 호선을 그리며 올라갔다.

"크흠."

무려 5천석이나 되는 좌석이다. 선예매 때도 30만 가까운 접속이 몰려들면서 예매 창이 다운될 뻔했는데, 일반 예매 때도 이렇게 좋은 성적을 거둘 줄이야.

조승현 실장은 만족스러운 미소를 지으며 고개를 까닥였다.

"우리 애들이 인기가 많긴 하지."

"아이고, 우리 실장님, 또 기분 좋아지셨네."

"티 나냐?"

"네, 많이요."

가만히 있던 헤어디자이너는 말을 얹으며 피식 웃어 보였다. 잔뜩 긴장하고 있던 도영도 능청스럽게 손뼉을 치며 끼어들었다.

"크으, 실장님. 저희가 이렇게 유명 인사가 되어가나 봐요."

"넌 겸손하게 있어."

"아, 넵."

괜히 끼어들었다가 한 소리 들었다. 도영은 시무룩한 표정으로 고개를 숙이며 유찬에게 시선을 돌렸다. 유찬은 아까부터 집중한 채 무언가를 열심히 끄적이고 있었다.

"뭐 하냐?"

"개그⋯⋯?"

이번 콘서트에서 중간중간 팬들과 소통하는 코너도 있다 보니, 그에 맞게 준비를 해 가려 했던 유찬이었다. 제법 진지한 자

세로 인터넷에서 본 드립들을 옮겨 적고 있는 유찬에 도영은 인
상을 찌푸렸다.

"하긴 유찬이는 노잼이니까 이런 걸 연습……."

"……."

"농담이야. 알지?"

물론 뒤늦게 덧붙인다고 그냥 넘어갈 유찬이 아니다.

"아아악!"

유찬의 서슬 퍼런 눈길에 알아서 사리던 도영은 오늘도 대기
실이 떠나가라 악 소리를 내질렀다. 그런 둘을 바라보며 혀를 차
던 선우도 이내 관심을 보였다.

"뭔데? 뭔데?"

유찬은 진지한 얼굴로 상준에게 말을 걸었다. 나름 회심의 개그
랍시고 유찬이 선별한 한마디. 가만히 있던 상준은 봉변을 당했다.

"트랜스포머가 여친이 없는 이유는?"

답을 예상한 도영이 경멸의 시선을 보내는 동안, 상준은 진지
하게 그 답을 찾고 있었다. 대충 아무 말이나 던질 줄 알고 다음
드립을 대기하고 있던 유찬은.

뜻밖의 한마디에 얼어붙고 말았다.

"나도 없어서……?"

아아.

"그건 또 무슨 슬픈 소리야."

선우는 머리를 긁적이며 말을 더했다. 그럼에도 상준은 한없
이 당당한 얼굴이었다.

"그럼 뭔데?"

유찬의 대답만 기다리고 있는 상준과 선우. 잠시 뒤 유찬의 입에서 충격적인 말이 흘러나왔다.

"차여서."

맙소사.

이런 개그라면 콘서트 5,000석을 모두 얼려 버릴 수도 있을 거 같았다.

"…그 개그 하면 차이긴 하겠다."

상준은 유찬에게서 받은 충격을 간신히 떨쳐내며 시계를 확인했다. 유찬이 콘서트를 대비하기 위해 어떤 삽질을 하고 있든 쉼 없이 흐르고 있는 시간.

"와."

콘서트까지의 시간을 계산하고 난 상준은 한숨을 내쉬었다.

"벌써 이렇게 됐네."

콘서트 시작 두 시간 전이었다.

*　　　　*　　　　*

어둠이 내려앉은 무대 뒤편.

무대 세트 위에 선 탑보이즈 사이에서는 침묵이 흘렀다.

'이제 실전이다.'

리허설 때 일찍이 무대를 한 번 둘러본 그들이다. 이 무대 위에만 서도 느껴지던 중압감을 이겨낼 수 있을까.

전석 매진. 관객석 가득히 메워진 팬들을 마주한 채로 공연을 이어가야 한다. 음악방송에 여러 번 출연했던 탑보이즈에게도 이번 콘서트는 엄청난 경험이자 새로운 시작이었다.

'할 수 있다.'

저 커튼 너머에 자신들을 기다리는 팬들이 있다.

상준은 거친 숨을 몰아쉬며 두 손을 모았다.

그 순간.

위이잉.

탑보이즈가 서 있던 무대 판이 떠오르고.

그들의 머리 위를 비추는 화려한 조명과 함께, 무대 위 짙게 깔려 있던 어둠이 순식간에 거두어졌다.

"와아아아아악!"

"꺄아아아아!"

그와 동시에 엄청난 환호성이 사방에서 터져 나왔다.

'뭐야.'

수많은 팬들이 와 있을 거라는 예상보다도 훨씬 더 크게 느껴지는 환호성. 이 정도의 환호성을 들어본 적 없던 상준은 저도 모르게 흠칫 놀라고 말았다.

'이게…… 다 팬들이라고?'

높은 관객석 가득 메운 푸른 물결. 마치 바다 아래서 일렁이는 햇살을 바라보는 것만 같다.

"와."

이렇게 뭉클할 줄은 예상하지 못했는데.

첫 곡이 시작하기도 전에 눈물이 흘러나올 것 같은 걸 간신히 참고서.

「무대의 포커페이스」.

상준은 천천히 발걸음을 뗐다.

"와아아악!"

인이어 틈새로 쏟아지던 함성은 한참이 지나서야 잦아들고.

'시작이다.'

「어릿광대의 죽음」의 도입부가 무대 위에 울려 퍼졌다.

'합창으로 갈 거라서요. 이걸 처음에 팍 터뜨려서 관객들을 홀려 버리는 거죠.'

'네가 그런 말도 쓸 줄 알아?'

'이 구성대로만 가면 대박입니다.'

이번 콘서트의 히든카드라고 외쳐댔던 상준에게 쐐기를 박았 던 우진의 말. 이 구성대로만 가면 대박이다. 상준 역시 그렇게 생각했다.

음울한 분위기가 서려 있던 「어릿광대의 죽음」에 희망을 주 기 위해 편곡했던 노래.

옅은 피아노 음 위로 상준의 부드러운 목소리가 실렸다.

어둠뿐인 숲속을 지나
도망쳐 온 이곳

"어릿광대의 죽음이다."

"아, 저 노래?"

"첫 곡이 이거라니……. 나 벌써 울 거 같은데."

수많은 시선들 속에
나는 여전히 머물러 있어

도영의 눈물을 봤던 팬들으로서는 듣기만 해도 울컥해지는 노래
였다. 하지만, 울먹이던 팬들은 이내 놀란 눈으로 고개를 들었다.

"뭐야?"

「어릿광대의 죽음」에 난입한 낯선 멜로디. 모닝콜처럼 밝으면
서도 에펠처럼 몽환적인 멜로디가 불쑥 치고 들어왔다.

얼핏 보면 어울리지 않을 수도 있는 조합이었지만, 두어 마디
가 이어지자마자 곳곳에서 탄성이 튀어나왔다.

'이렇게 자연스럽다고?'

「어릿광대의 죽음」이었던 노래는 그 형체만 남기고 자연스레
형태를 바꾸어갔다. 우진이 지적했던 상준의 편곡 방식. 그 방식
이 고스란히 살아 있는 편곡이었다.

'선배님은 이런 느낌으로 편곡하시잖아요.'

'내가?'

'기본 틀을 살리고 그 외 다른 것들은 쳐내서 새로운 부품으로
갈아 끼우는 스타일.'

이번에도 상준의 스타일은 빛을 발했다. 완벽히 새로운 부품
으로 갈아 끼운 「어릿광대의 죽음」은 본연의 음울한 분위기를
완전히 떨쳐내는 데 성공했다.

나는 버려져도 아무렇지 않아
모두가 나를 외면해도
It will be alright
네가 나를 보고 있잖아

이 노래를 부르며 서럽게 울던 도영은 능숙하게 미소를 지으며 관객석을 손으로 가리켰다. 도영다운 장난스러운 미소.

"와."

팬들은 도영의 능청에 웃음을 터뜨리며 환호성을 질렀다.

원래의 노래와는 확연히 달라진 파워풀한 춤선. 아예 새로운 곡이 되어버린 노래 위로 데모 5번의 멜로디가 어우러졌다.

'이걸 이렇게 풀어냈네.'

지금 이 시간을 잠깐만 멈춰줘
이 무대를 영원히 함께하고 싶어
It will be alright
나는 이제 노래할 거야

상준은 고개를 까닥이며 관객석을 향해 손을 흔들었다. 끊김 없이 유연하게 이어지는 춤 선. 물 흐르듯 하나가 되어 안무를 맞춰가는 탑보이즈 위로 온탑의 함성 소리가 더해졌다.

"탑보이즈! 탑보이즈! 탑보이즈!"

이제 마지막 히든카드로 승부수를 던진다.

'합창.'

It will be alright
It will be alright

첫 번째 소절을 읊던 도영의 목소리 위로 상준과 제현이 차례로 음을 이어간다.

It will be alright
It will be alright

괜찮을 거라고 속삭이듯 되뇌는 상준의 보컬에 점차 힘이 실리고.
"뭐지?"
"여기서 합창을 한다고?"
아아— 아아.
선우가 중저음으로 차분히 멜로디를 쌓았다.

아무것도 모르던
그때 그 소년으로

두 래퍼가 나직이 쌓아 올린 음 위로 도영은 자신의 파트를 시원하게 불러 나갔다. 상준은 미소를 지으며 도영의 노래 위로 화음을 넣었다.

처음부터 줄곧 합창 형식으로 노래를 끌어가는 것이 아닌, 2절에서 새로운 방식으로 노래를 이어간다.

안정성을 추구하는 정용찬 작곡가라면 절대로 반대했을 계획.

하지만, 두 명의 천재가 만나 말 그대로 미친 짓을 만들어냈다.

'이게 가능하다니.'

음악에 일가견이 있는 팬들은 눈앞에서 펼쳐지는 무대에 혼란스러워졌다.

모두가 비웃어도 홀로 노래 부르던
나로 돌아간 것 같아

하나 된 목소리로 웃으며 노래를 불러 나가는 탑보이즈.

나로 돌아간 것 같아ー

도영은 두 팔을 벌린 채 무대 위를 누비며 감격에 찬 미소를 지어 보였다. 이 노래를 「원형석의 뮤직스튜디오」에서 처음으로 불렀을 때. 그때의 기분을 떠올리니 새삼 눈물이 차오를 거 같았다.

이번에는 기쁨의 눈물이었지만.

'벌써 쓸 수는 없지.'

겨우 첫 곡일 뿐이다. 이 무대 위를 보다 멀쩡한 모습으로 누비기 위해선 아직은 아껴야 한다. 도영은 이상한 논리를 속으로 펼치며 스스로를 다독였다. 그렇게 행복과 추억 속에 잠겨 정신없이 흘러가던 무대는.

It will be alright
It will be alright

다섯의 화음과 함께 마무리되었다.

그리고.

"와아아아악!"

오천 석의 올림픽 경기장 위로 떠나가라 함성이 쏟아졌다.

*   *   *

"허억… 헉."

눈이 부실 정도의 조명. 상준은 거친 숨을 헐떡이며 마이크를 잡았다. 그때까지도 엄청난 환호성은 끊이질 않고 있었다.

"와."

계속 눈물을 참고 있던 도영에게 1차 위기가 왔다. 간신히 버텨낸 도영은 두 손을 높이 치켜들며 제자리에서 방방 뛰었다.

"이렇게 반겨주셔서 감사합니다."

가장 먼저 입을 연 선우는 감격에 찬 듯 숨을 고르기 바빴다. 원래는 자연스러운 멘트도 더해가며 능숙하게 진행해 가야 할 콘서트 무대지만, 첫 무대의 여운이 너무도 엄청나서일까.

선우는 다급히 멘트를 마무리했다.

"노래로 보여 드리겠습니다."

"꺄아아아아!"

"멋지다아!"

'바… 바로?'

죽을 것처럼 헐떡이고 있던 멤버들의 시선이 일제히 선우에게로 향했다. 멘트라도 이어서 하라는 멤버들의 따가운 눈총을 눈치채지 못한 선우는 다급히 멘트를 이어갔다.

"다음 곡은……."

간신히 마이크를 쥔 선우의 입에서 묵직한 한마디가 흘러나왔다.

"다보탑입니다. 즐겁게 들어주세요."

그리고.

"다보탑?"

"노래 제목이 다보탑이야?"

"그게 뭔데?"

"……!"

술렁이는 관객석을 뒤로하고 익숙한 전주가 울려 퍼지기 시작했다.

＊　　　　＊　　　　＊

저 위로 올라가 보려 해
꿈꿀 수 없는 높은 탑이라고 해도

'EIFFEL'의 뼈대만 남긴 채 다른 노래가 된 곡. 도영이 찍어냈던 피아노 라인이 부드럽게 노래를 열었다. 상준은 미소를 지으며 마이크를 잡았다.

라이브임에도 안정적인 보이스. 고풍적인 발라드 사운드에 차분히 음을 쌓아가는 상준이다. 'EIFFEL'과는 전혀 다른 멜로디에 멍해 있던 팬들도 천천히 고개를 들었다.

"이게 다보탑이라고?"

"…제목 빼고는 다 좋네."

그래서 물었어
그곳은 어떠니 모든 게 다 보이니

유찬은 감성적인 랩을 선보이며 미소를 지었다. 'EIFFEL'의 가사지만 전혀 다른 느낌을 보여주는 노래. 팬들은 낯선 멜로디에도 쉽게 적응했다. 중독성 있는 후크를 지닌 노래다. 처음 듣는데도 금세 따라 부를 것만 같은 기분.

빛이 보였어
그곳에 함께해 줘
Dream the top
나도 올라설 수 있을까

팬들을 홀려 버린 1절이 끝나가던 순간.

천천히 뒤로 빠진 멤버들이 동시에 뒤를 돌았다.

두두둥.

동시에 강렬한 드럼 비트가 무대 위를 휩쓸었다. 팬들은 화들짝 놀란 얼굴로 쏟아지는 조명을 올려다보았다.

"뭐야?"

"와, 미쳤다."

처음에 발라드로 시작했던 노래는 빠르게 템포를 올려갔다. 분위기를 띄우기 위해 반전을 기획했던 상준의 아이디어.

"와아아아!"

푸른 야광봉도 노래를 따라 빠르게 넘실거렸다.

"꺄아아!"

상준은 자신 있게 손을 뻗으며 팬들을 둘러보았다. 여기서 유찬과 도영이 함께 짰던 안무, 부드러우면서도 강약 조절이 확실한 춤 선이 살아났다.

"와."

아직 활동곡이 얼마 없는 상태임에도 그 빈자리를 새로운 편곡으로 채워간다. 괜히 무대의 제왕이 아니다. 짧은 시간 동안 준비한 무대임에도 동선, 간격, 춤 선까지. 그 어느 것 하나 부족한 게 없었다.

이제 남은 건 하이라이트뿐.

상준은 유찬과 동시에 눈짓을 주고 받았다.

'이걸 진짜 한다고?'

처음에 난데없이 인간 피라미드 퍼포먼스를 제시했던 제현. 그의 의견을 단체로 반대하고 나서긴 했지만, 한참을 곱씹어본 결과 다른 방향의 연출로도 활용해 볼 수 있을 거 같았다.

'이런 방식이면 나도 한번 꾸며보고 싶긴 하거든.'

상준은 진지하게 종이를 펼치고선 연출을 그려 나갔다. 두 멤버 위를 뛰어올라서 무대를 선보이는 화려한 연출.

'나쁘진 않은데……'

잠시 턱을 쓸던 도영은 과감하게 말을 뱉었다.

'일단 나는 밑에는 안 할게.'
'어림도 없지.'

그렇게 밑에를 맡게 된 도영과 유찬.
연습 때 여러 번 시도해 본 퍼포먼스지만 두 명의 위에서 균형을 잡는 게 결코 쉽지는 않았다. 더욱이 자연스럽게 노래를 이어가야 하니 상당한 난이도의 연출.
하지만, 할 수 있다.
유찬과 눈빛 교환을 마친 상준은 고개를 까닥이며 가볍게 위로 점프했다.
하나, 둘……!

Dream the top
나도 올라설 수 있을까

깔끔하게 한 번에 착지한 상준은 두 눈을 반짝이며 마이크를 쥐었다. 오히려 연습 때보다도 깔끔했던 동작이었다. 비록 밑에 깔린 둘은 곡소리를 내고 있지만.

"꾸엑."

'…힘내라!'

물론 상준이 알 바는 아니다.

상준은 균형을 잡은 채 천천히 일어섰다.

그곳에서 발견한 거야
나 혼자가 아니라는 걸

어려운 포즈를 취하는 중에도 자연스레 흘러나오는 라이브. 상준은 감정을 실은 채 노래 가사를 읊어나갔다.

"꺄아아아!"

화려한 퍼포먼스 덕에 더욱 커진 환호성은 이미 상준의 인이어를 뚫고 들어오고 있었다.

'행복하다.'

상준은 그 환호성에 기분이 달아오른 채 자신있게 노래를 불러 나갔다.

그곳에서 발견한 거야
네가 옆에 서 있었다는 걸

남은 건 마지막 소절.

「신이 내린 목소리」. 마지막 소절에 모든 감정을 쏟아부은 상준이 부드럽게 미소를 지었다.

그런데.

너무 노래에 집중했던 걸까.

"언제나 밝게 빛……."

이미 한쪽으로 기울어져 버리고 만 몸.

상준은 기겁하며 두 팔을 파닥였다.

"……!"

그래도 고꾸라지던 상준의 눈앞에 리스트가 떠올랐다.

「앞구르기의 모든 것」.

뒤편 책장에 꽂혀 있던 샛노란 책을 장바구니에 담아두긴 했
었는데…….

[422번째 재능 '앞구르기의 모든 것'을 대여하시겠습니까?]

이렇게 쓸 줄은 몰랐다. 상준은 떨어지는 순간에 다급히 책을
대여했다.

'일단 빌려!'

놀란 나머지 본능적으로 반응했던 손놀림.

그리고.

"어?"

데구르르.

한 바퀴를 구른 상준은 완벽하게 제자리에 착지했다.

"뭐야?"

당연히 엎어질 줄 알았던 상준이 한 바퀴를 구르고 착지하자,

아래층에 있던 유찬과 도영은 혼란스러운 표정이 되었다.

'엥.'

'방금 뭐였지.'

이걸 모르는 관객들이야…….

"…퍼포먼스였나?"

"꺄아아아!"

언제나 밝게 빛나줘

상준의 화려한 퍼포먼스에 열광할 뿐이었다.

"와아아아악!"

쏟아지는 환호성 아래에서 상준은 뿌듯한 미소를 지었다.

이마에 흐르는 땀을 옷소매로 훔치며 가장 먼저 들었던 생각.

'후, 자연스러웠다.'

*　　　*　　　*

"아까 너무 자연스럽게 구르셔서 제가 놀랐거든요."

"제가 사실 공벌레라서요."

무대가 끝나자마자 실컷 놀리려고 했던 멤버들은 상준의 당당한 태도에 혼란스러워졌다. 도영은 혀를 차며 고개를 저었다.

"요즘 저 형 너무 뻔뻔해졌어요."

"맞아요, 맞아."

"하긴 앞구르기도 잘하시는데."

실제로 앞구르기를 잘하긴 했다. 예전에 앞구르기를 선보이겠답시고 흑역사를 만들어냈던 것을 제외하면, 이 정도면 최고의 앞구르기가 아니었을까.

"하하."

「앞구르기의 모든 것」.

상준은 허공에 둥둥 떠 있는 샛노란 책을 올려다보며 머쓱한 웃음을 터뜨렸다.

그렇게 상준 놀리기가 간단히 마무리되고, 선우는 대본을 확인하고선 능숙하게 진행을 이어갔다.

"저희가 또 콘서트니까 잠시 쉬어가는 코너로……."

"잠시 쉬어가야죠."

"허억… 헉. 죽을 거 같아요."

"아니, 말 끊지 마시고."

"싫어요!"

퍽.

해맑게 까불거리던 도영은 그 자리에서 처단됐다. 선우는 유찬에게서 배운 넥 슬라이스를 깔끔히 마무리하고선 능청스레 말을 이었다.

"쉬어가는 코너로 준비한 사연 시간입니다!"

"와아아아!"

관객석에 앉아 있던 팬들은 선우의 당당함을 지켜보며 정신없이 웃어댔다.

"진짜 흑화 선우라니깐."

"착했던 리더 어디갔어."

"…살짝 즐기는 거 같은데?"

몇몇 대화를 들은 선우는 헛기침을 하며 다음 대사를 읊었다.

"이번에 저희가 준비한 건 여러분들이 보내주신 사연이 아니라 저희가 직접 서로를 관찰하면서 준비해 본 사연이거든요."

"오오오."

"대박이다!"

탑보이즈가 잠시 쉬어가는 코너로 준비한 멤버들의 TMI 시간.

서로를 지켜보면서 써온 사연들을 눈앞의 유리 상자에 미리 넣어놨다.

"한번 뽑아볼까요?"

"네에에!"

이제는 사회자가 없어도 제법 진행을 잘하는 멤버들. 선우는 고개를 끄덕이며 유리 상자에서 색종이 하나를 꺼냈다.

"자, 꺼냈습니다!"

"두구두구두구……."

"뭐 나왔어, 형?"

가장 먼저 선우의 손에 딸려 온 주황색 종이. 내용을 펼쳐 본 선우는 당황한 기색으로 두 눈을 끔뻑였다.

"왜? 뭔 내용인데?"

궁금함에 선우의 어깨 너머를 훔쳐본 도영의 얼굴이 굳었다.

"도영이 형은 멍청하다."

"…크흡."

한 줄로 써져 있는 적나라한 멘트에 팬들은 차마 웃음을 참지 못했다.

"이건⋯⋯."

고개를 동시에 돌리는 멤버들. 도영은 행복한 미소를 지어 보이며 제현에게 헤드록을 걸었다. 제현은 두 팔을 버둥거리며 억울하다는 듯 외쳤다.

"아니, 내가 썼다는 말 없잖아!"

"여기서 나한테 형이라고 부를 사람이 너밖에 없지 않아?"

"아, 맞네?"

뒤늦게 수긍하는 제현.

선우는 손뼉을 치며 깔끔하게 상황을 정리했다.

"네, 완전범죄에 실패하셨습니다."

"아, 까비⋯⋯."

이미 응징당하고도 아쉽다는 듯 머리를 긁적이는 제현이다.

"너어는⋯ 진짜⋯⋯."

우당탕탕.

뒤에서 열심히 싸우고 있는 도영과 제현을 뒤로하고, 선우는 몇 번이고 사연을 읊었다.

그렇게 몇 개의 사연들이 스쳐 지나가고.

훈훈한 사연들을 기대했던 온탑들은 혼란스러워졌다.

'유찬이가 맨날 제 밥을 뺏어 먹어요'부터 '팽이 키가 자랐어요'까지. 팬들이 기대했던 사연들과는 정반대를 향해 달려가고 있는 사연들.

"마지막 사연이에요."

그새 선우는 마지막 사연을 천천히 읊어가고 있었다. 역시나 이번에도 훈훈함과는 거리가 먼 사연이었다.

그제 누군가 제 바나나 우유를 훔쳐 먹은 거 같아요. 누군지 몰라서 사연 올립니다. 그거 유통기한 지난 건데…… 누가 낚임.

"아?"

사연을 마저 읽은 선우는 화들짝 놀란 얼굴로 말을 뱉었다.

"유통기한 지난 거래요, 누군지는 모르겠지만."

그때였다.

툭.

도영이 들고 있던 대본을 바닥에 떨궜다.

"…그런 거였어요?"

"도영 씨, 왜 눈이 흔들려요?"

"그… 러게요?"

"잡았다, 요놈!"

넥 슬라이스.

사연을 올렸던 유찬은 도영의 목을 내려치고선 뿌듯한 미소를 지었다. 선우는 간신히 다시 일어선 도영을 돌아보며 진지하게 물었다.

"아니, 멀쩡하세요?"

"전 괜찮던데요……."

"몸이 튼튼하군요."

이상한 결론과 함께 끝이 난 탑보이즈의 마지막 사연.

"내가 못 산다. 그새 바나나 우유를 빼놓았냐?"

"유통기한 지난 거면 버린 거라며."

"네가 먹을 줄은 몰랐지!"

"자자, 다들 진정하세요."

투닥대는 건 숙소에서 마저 하고, 이제는 다시 무대로 돌아갈 시간이다.

"이제 다시 달려볼까요?"

선우는 마이크를 관객석 쪽으로 돌리며 크게 외쳤다.

"네에에에!"

"그럼, 에펠 시작합니다!"

선우의 한마디에, 다시 한번 엄청난 함성이 관객석을 흔들어 놓았다.

*　　　　*　　　　*

에펠 이후로 여러 수록곡들이 끝나고.

어느새 차례는 가장 최신곡 'ASK'로 돌아왔다.

빛이 나는 무대에서 함께 뛰어다니는 멤버들.

땀이 비 오듯 쏟아졌지만 함성 소리 때문일까, 전혀 힘들게 느껴지지 않았다.

나는 궁금한 게 많아
What's your name

입가에 미소를 띄운 채 능숙한 표정 연기를 선보이는 도영.

도영과 유찬이 크로스하며 마주 보고 걸어갈 때쯤.

너가 더 알고 싶어
이곳이 더 알고 싶어

'그거 해볼까?'
이만하면 분위기는 충분히 달아올랐다.
도영과 유찬은 서로 눈빛을 교환하고선 뒤편의 물병을 자연스레 챙겼다. 동선이 흐트러지는 곡의 마무리 파트. 팬들의 앞으로 열심히 뛰어나가던 다른 멤버들을 살피며.
'이 정도면 되려나?'
도영은 물병의 반을 덜어내고선 당당하게 앞으로 걸어 나왔다.

이 얘기가 바로 설렘일까
So many stories
나는 너란 홍수에 빠져 버렸어

상준이 마이크를 손에 쥔 채 팬들과 한 명씩 아이 컨택을 하는 사이, 준비를 마친 도영은 기를 모으고선 미소 지었다. 콘서트장에 크게 울려 퍼지는 도영의 목소리.
"다들 소리 질러어!"
"와아아아악!"
도영의 한마디에 홍이 오른 팬들이 단체로 함성을 내질렀다.
"예에에에!"
최고조로 달아오른 분위기 속에.
'이때다.'

도영은 밤새 연습했던 스킬대로 과감하게 물을 뿌렸다.

그런데.

"켁."

도영의 옆에 서 있던 상준의 얼굴을 정면으로 강타해 버린 물줄기.

"어?"

"아니, 뭐야?"

"이게 어떻게 된 거야?"

쿨럭.

"……!"

상준은 흐릿해지는 시야와 함께 속으로 중얼거렸다.

'쟤를 어떻게 조질까.'

*　　　*　　　*

'여기서 흔들리면 안 된다.'

물줄기에 정통으로 얻어맞고 난 후에도 상준은 온 정신을 무대에 집중했다. 도영을 조지는 건 무대가 끝나고 나서도 늦지 않다. 상준의 지나친 열정이 도움이 되는 순간이었다.

"……."

물론 무대가 끝나고 나선 그 열정이 사그라들었지만.

"으학학학."

상준은 미친 듯이 웃어대는 유찬을 향해 눈초리를 보냈다. 이미 선우는 배까지 잡고선 깔깔대고 있었다.

"크흠."

주범인 도영은 상준의 눈길을 피하며 헛기침을 했다. 상준은 깊은 한숨을 내쉬며 관객석을 돌아보았다. 화려한 워터 쇼에 즐거워하던 온탑은 아직까지도 행복한 미소를 짓고 있었다.

"꺄아아아아!"

"제 고통을 다들 즐기시는군요."

"한 번 더! 한 번 더!"

뭔가 팬이 아닌 기분인데.

상준은 머리를 긁적이며 쫄딱 젖은 옷을 털었다. 비 맞은 생쥐 꼴이 된 상준에게 선우가 다가왔다.

"아, 괜찮아요?"

마이크를 들이밀며 물어오는 선우. 참으로 빨리도 묻는다. 상준은 흔들리는 동공을 주체하지 못하고 입을 열었다.

"시, 시원하네요."

상준은 휘청이며 바닥에 놓인 물병을 들었다. 우선 놀란 심정을 가다듬기 위해 물 한 모금을 홀짝인다. 그 와중에도 도영은 까불거리며 상준의 심기를 열심히 거스르고 있었다.

"와, 그래도 제가 무대효과 넣어준 거긴 해요. 멋있지 않았어요?"

"맞어, 멋있더라."

"물줄기가 쫙 하고 상준이 형한테 꽂히는데, 이곳이 마치 워터파크 한가운데가 된 느낌……?"

상준은 고개를 까닥이며 도영을 돌아보았다.

"그래, 마저 말해봐."

흥미진진한 눈길로 올려다보는 팬들. 상준의 허락을 받았다고 생각한 도영은 즐겁게 말을 이었다. 도영다운 재치 있는 말빨이

빛을 발했다.

"다음에 제가 또 무대효과 필요하면 그땐 고루 뿌려 드릴게요. 오늘은 약간 마시지 마시고 피부에 양보한 느낌이라서 다소 아쉽……."

착.

상준은 열심히 나불대는 도영의 주둥이를 향해 물을 가격했다.

"푸하… 켁!"

아까부터 물병을 만지작거리는 상준을 눈치채진 못한 도영의 패배. 도영은 갑작스럽게 쏟아진 물 폭탄에 당황한 기색으로 허우적거렸다.

"꺄아아아!"

"저게 뭐야. 애들 잘 노는데."

"아니, 왜 서로 고통을 주고받는 거야?"

정신없이 웃어대는 관객석을 향해 상준은 담담한 얼굴로 말을 뱉었다.

"물 주는 거예요, 잘 자라라고."

살벌한 현장에 잠시 비켜나 있던 선우는 마이크를 쥔 채 간신히 상황을 수습했다.

"참으로 우애 깊은 현장이네요, 그죠?"

"맞아요오오!"

"탑보이즈 우애 깊다아!"

선우는 소리를 지르는 팬들을 향해 능청스레 말을 이었다.

"저희가 이렇게 우애 깊은 모습으로 준비한 다음 무대도 기대해 주세요."

"두구두구두구……."

"마지막 무대, 데뷔곡 모닝콜입니다!"

*   *   *

"와아아아악!"

콘서트장이 떠나가라 함성을 질러대는 온탑을 보며, 상준은
'모닝콜'의 데뷔무대를 떠올렸다. 쇼케이스장에서 할 수 있는 최
선을 다했던 탑보이즈. 이제는 그 최선에 실력이 더해졌다.

'더 잘할 수 있지.'

모닝콜 무대만 해도 셀 수 없을 정도로 해온 탑보이즈다.

아침을 깨우는 소리 잠에서 일어나
너로 인해 시작하는 하루

바닥에 엎드린 자세로 시작했던 모닝콜. 처음에는 어려웠던
안무도 이젠 쉽게만 느껴진다. 상준은 빙그르르 돌아앉으며 도
영의 음색을 들었다.

이 무대 위를 함께 누벼왔던 멤버들.

벌써 마지막 무대가 가까이 다가왔다는 사실에 상준은 흐릿
한 미소를 지었다.

더 많은 것을 보여주고 싶다.

그런 욕심 때문일까. 상준은 온 힘을 쏟아 자신의 파트를 불
러 나갔다.

어제는 어땠어 이런 일이 있었어
오후까지 기다리긴 싫어
그래서 전화했어

차오르는 숨에도 정신없이 동작을 체크한다. 덜덜 떨었던 첫 무대와는 달리 이제는 무대를 즐길 수 있는 여유도 생겼다.

'처음엔 어땠더라.'

1주년 기념으로 방구석 콘서트를 선보였을 때도 이미 느낀 바였지만, 이렇게 팬들 앞에서 공연을 이어가니 새삼 첫 무대가 떠오른다.

어설펐지만 최선을 다했던 그들.

그리고 어설프게 만들어 나갔던 첫 뮤직비디오까지.

'그냥 이렇게 하면 되는 건가?'

'카메라 각도는 이쪽으로 하고. 조명 판은 음……'

부족했지만 함께였기에 가능했고, 좋게 봐주는 팬들이 있어서 더더욱 가능했다.

"와."

마치 물결처럼 노래를 따라 흔들리는 푸르른 야광봉.

눈앞을 아른거리는 푸른 불빛이 환상처럼 느껴져서일까.

내 얘기를 들어볼래
I wanna hear your voice

아침을 깨우는 story

상준은 추억에 잠긴 채 모닝콜의 멜로디에 흠뻑 젖었다.

'데뷔 무대가 난 진짜 잘 나왔다고 생각했는데, 다시 보니 그건
또 아니더라고.'
'어으, 다시 보니까……. 진짜 아니더라.'

뭔가 지금 돌이켜 생각해 보면 더 잘할 수 있었을 건데.
그만큼을 못 보여준 게 퍽 아쉬웠다.
하지만.
그렇기에 지금 이 무대가 있지 않을까.
은은한 조명 아래에서 쏟아지는 함성을 느끼며.
상준은 지그시 눈을 감았다.
"와아아악!"
"꺄아아아아아!"
"앵콜! 앵콜! 앵콜!"
마지막 무대라고 했기에 '모닝콜'이 끝나기가 무섭게 쏟아지는
앵콜 소리. 멤버들은 너 나 할 것 없이 무대의 여운 속에서 허우
적대고 있었다.
'좋다.'
상준은 간신히 정신을 차리고 마이크를 잡았다.
"여러분 뭐라고요?"
"앵콜!"

"한 곡 더! 한 곡 더!"

"탑보이즈! 탑보이즈! 탑보이즈!"

"앵콜! 앵콜! 앵콜!"

영원처럼 이어지는 함성 소리. 도영은 행복하게 웃으며 상준의 마이크를 잡아챘다.

"와, 진짜 너무 감사해요."

"꺄아아아!"

"그러면……. 저희의 진심을 담아서 진짜 지인짜 마지막 무대예요."

"최고다아아!"

도영은 두 눈을 반짝이며 말을 뱉었다.

"그 위에서, 시작합니다."

　　　　　　*　　　　　　*　　　　　　*

원래부터 앵콜 무대로 준비했던 '그 위에서.'

타이틀곡은 아니었기에 'EIFFEL'에 비해선 덜 유명했지만, 이 노래를 마지막 무대로 정한 이유는 따로 있었다.

'팬들에게 하고 싶었던 말.'

탑 위에서 자신들을 지켜봐 달라고 했던 말들.

콘서트의 타이틀이 'Dream the top'인 만큼, 탑보이즈가 항상 하고 싶던 말이었다.

그 위에서 나를 바라봐 달라.

그 어떤 일이 있어도. 힘들 때도 기쁠 때도 곁에 있어달라는 부탁. 자신들 역시 어느 때고 이 무대를 지키고 서 있을 테니까.

Silent world
이곳은 빛이 나는 무대

아직 탑을 올라가는 중이지만.
"빛이 나는 무대!"
저 위에서 자신을 내려다보는 팬들이 있기에 잠시 쉬어가도 되지 않을까. 그저 노래가 좋아서 무대 위에서 놀고 싶었던 시절처럼 말이다. 그동안 너무 쉼 없이 달려왔기에, 오늘만큼은 이 무대가 마지막이라 생각하고 자유롭게 뛰어놀고 싶었다.

여기서 들은 걸까
나를 깨우던 모닝콜

"Dream the top!"
상준은 앞으로 뛰어나가며 함성을 내질렀다. 팬들에게서 받은 기운은 이미 넘쳐흐를 정도의 에너지로 표출되고 있었다. 그건 다른 멤버들도 마찬가지.
복잡한 것은 잠시 미뤄두고.
지금, 지금만 생각하자.
상준은 속으로 되뇌며 팬들을 향해 미소를 지었다.

여기서 부른 걸까
너는 날 기다렸던 거니

빠른 하우스 리듬의 노래가 앉아 있던 팬들을 일어서게 했다. 모두가 하나 되어 방방 뛰는 무대.

그 위에서 나는 본 거야
Dream the top
날 위한 무대를

그렇게 1절이 흘렀을 때.

흔들림 없는 간격으로 대열을 맞춰 안무를 이어가던 탑보이즈는 순간 흐트러지고 말았다.

"어?"

갑자기 일사불란하게 자리에 앉는 팬들.

'뭐, 실수했나?'

당황한 기색이 된 멤버들이 고개를 들던 순간.

"……."

저 끝에서부터 하얀 물결이 밀려오기 시작했다.

'뭐야?'

한 칸씩, 한 칸씩.

파도처럼 밀려오는 새하얀 물결.

그 물결의 정체를 알아채자, 노래를 부르고 있던 상준의 말문이 막혔다.

"와……."

엄청난 실수다. 가사를 까먹은 것도 아니고, 안무를 틀린 것

도 아닌 상황. 평상시라면 하지도 않았을 기본적인 실수를 하고
야 말았다.

'저 위에서 지켜보고 있을게.'

새하얀 플래카드 속에 박혀 있는 글귀.

그 글귀를 확인한 순간, 울컥 눈물이 차올랐기 때문이었다.

그 위에서 나는 본 거야

Dream the top

날 위한 무대를

당황한 상준을 대신해서 선우가 노래를 이어나갔지만, 그것도
잠시였다.

넘실대는 플래카드를 바라보며 그 역시 눈물을 터뜨릴 수밖
에 없었기에.

"괜찮아! 괜찮아!"

"와아아아아!"

진심으로 자신들을 응원하고, 저 위에서 지켜봐 주고 있는 팬
들을 올려다보며. 상준은 흐릿한 미소를 지어 보였다.

하필 흔들리는 바람에 완벽한 마무리를 선보이진 못했지만.

그 위에서

나를 바라봐 줘

마이크를 쥔 상준의 입에선 감정을 실은 마지막 소절이 흘러

나왔다.

"하."

진심을 담은 마지막 무대가 끝나고.

"울지 마! 울지 마! 울지 마!"

팬들의 함성 속에서 가장 먼저 도영이 마이크를 들었다.

"……."

플래카드를 드는 팬들을 보면서 사실 가장 먼저 눈물을 흘렸던 도영이다.

"하."

그는 떨리는 목소리로 천천히 입을 뗐다. 너무도 말하고 싶었지만 쉽게 꺼낼 수 없었던 이야기를, 콘서트의 황홀한 분위기에 취한 채로 꺼내고 싶어서였다.

"저희가 이렇게 콘서트를 하기까지, 정말 많은 일들이 있었는데요."

도영은 침을 삼키며 팬들을 올려다보았다.

사실 가장 마음고생이 심했을 도영. 그의 입에서 흘러나올 말을 예상한 제현은 저도 모르게 울먹거렸다.

"힘든 일도 많았고, 설렐 일도 많았고. 때로는 저희가 실망시켜 드리고 부족한 모습도 많이 보여 드렸겠지만."

"……."

"여러분들이 항상 함께해 주셨잖아요."

도영은 붉어진 눈시울로 어색하게 웃어 보였다.

"항상 위에서 저희를 지켜봐 주셔서, 정말 너무 든든한데. 그 얘기를 못 해드린 거 같아요."

"와아아아!"

"지켜줄게! 탑보이즈 파이팅!"

관객석에서 우렁찬 목소리가 튀어나오자 상준과 유찬은 동시에 웃음을 터뜨렸다.

"그러니까 여러분들이 힘들 때, 저희도 언제나 이 무대 위에서 있을게요."

"꺄아아아!"

"감사합니다. 저는 여기까지."

도영은 옷소매로 눈물을 훔치며 선우에게 마이크를 건넸다. 도영의 어깨를 토닥인 선우는 웃으며 입을 열었다.

"이 콘서트 이름이 뭐죠?"

"Dream the top!"

동시에 쏟아지는 팬들의 답변에, 선우는 피식 웃으며 고개를 끄덕였다.

"맞아요. 저희는 이 콘서트 이름대로 탑을 꿈꾸고 있으니까."

"……."

"그 탑에 올라설 때까지… 크흡."

'응?'

도영이야 그렇다 쳐도 멀쩡히 웃고 있던 선우가 갑자기 눈물을 흘리기 시작했다.

"이렇게 갑자기 운다고?"

"…으으."

감동에 젖어 있던 상준은 황당한 표정으로 고개를 돌렸다.

"아, 갑자기 플래카드 보니 눈물이 나서."

"…눈물이 한 박자 늦게 나는 타입이시군요."

"푸흡."

울먹이던 도영이 던지는 한마디에 팬들은 저도 모르게 웃음을 터뜨렸다.

'누가 누구한테 뭐라고 하는 거야.'

하긴 워낙에 잘 우는 선우가 이런 중요한 타이밍에 눈물을 빼놓을 리 없다.

"어흑……."

갑자기 북받쳐 오르는 감정에 주저앉은 선우를 보며, 상준은 간신히 마이크를 건네받았다. 언제나 울어대는 리더를 대신해서 멘트를 마무리해야 했으니까.

"그 탑에 올라설 때까지."

"네에에!"

"그 위에서……."

상준은 관객석 꼭대기를 손가락으로 가리키며 마이크를 천천히 들었다.

"꼭 지켜봐 주세요."

『탑스타의 재능 서고』 8권에 계속…